NOVELLE NERE

GIUSEPPINA TORREGROSSA

Stivali di velluto

Rizzoli

Pubblicato per

Rizzoli

da Mondadori Libri S.p.A.

Pubblicato in accordo con Grandi & Associati, Milano

ISBN 978-88-17-18107-5

Prima edizione: giugno 2024

Questo è un romanzo liberamente ispirato a fatti realmente accaduti.
Personaggi e situazioni, quando non sono frutto della fantasia dell'autore,
sono sempre usati ed eventualmente rielaborati per scopi narrativi.

Stivali di velluto

A Federica e Simone,
la forza è con noi

La sola legge che non ho infranto
è quella di gravità.

PAOLO POLI

I

Il verme della mela si chiama carpocapsa. È un bozzolo che vive incistato sotto la corteccia dell'albero e sfarfalla ai primi tepori. Le larve penetrano nei frutti, scavano gallerie nella polpa, che marcisce. La mela all'apparenza non ne soffre. Attaccata al ramo, si dondola sul suo picciolo, compiacendosi della buccia rossa, mentre il silenzioso ospite la divora dall'interno.

Giulia Vella, profiler, specializzata nella ricerca di serial killer, assomigliava a una di quelle mele. Bella e intelligente, covava dentro di sé una profonda sofferenza, che nascondeva abilmente dietro un atteggiamento ruvido e scostante. Da qualche mese l'ispettrice prestava servizio alla Squadra mobile di Palermo, nella Sezione delitti irrisolti. L'aveva chiesta lei, quella sede, il miglior trampolino di lancio per una poliziotta ambiziosa. Anche se dopo pochi giorni si era resa conto di esser finita in una specie di cimitero per elefanti, ad archiviare documenti. La rabbia che l'affliggeva fin da ragazzina, e che Giulia era riuscita a tenere sotto controllo con lo sport, era di nuovo affiorata, trasformandola nella persona più antipatica della Polizia di Stato.

Quella mattina era arrivata in ufficio presto. Era esplosa da qualche giorno una caldissima primavera e lei cercava di evitare il sole delle ore centrali, troppo forte per la sua pelle chiara. Il termometro già alle nove segnava ventotto gradi.

Giulia indossava un elegante completo grigio di lanetta, acquistato in sartoria. Cambiava spesso abito: era un modo per sottolineare la sua superiorità. Non perdeva occasione per ricordare ai colleghi di possedere un master in Criminologia e di essere stata la prima classificata al concorso per ispettore. Del resto era sempre stata la migliore della scuola.

Si tolse la giacca, sollevò i lunghi capelli biondi, il collo era imperlato di goccioline di sudore. Era minuta e, nonostante i suoi trentacinque anni, aveva l'aspetto di una ragazza. Si lasciò cadere sulla sedia e cominciò a fissare il vuoto. Aveva scoperto per caso di essere stata adottata e ora il pensiero della madre biologica era diventato un chiodo fisso. La camicetta le si era appiccicata alla pelle. Si scosse dai cattivi pensieri e cercò di aprire la finestra per far entrare un po' d'aria. La maniglia girava a vuoto. Chiese aiuto al piantone, che replicò: «Per ragioni di sicurezza è stata sigillata».

«Ma almeno l'aria condizionata...»

«Siamo a marzo, dottoressa. E ad agosto che fa? Vuole montata la piscina?» L'agente pensava di essere spiritoso, ma lei si sentì presa in giro.

«A proposito, dottoressa, c'è una riunione nella stanza del capo. Vogliono anche lei.»

Quando è stata convocata? E così all'ultimo minuto?

Non potevano dirlo prima? si chiese Giulia. Mi tengono a distanza.

Oramai s'era fatta la fama di raccomandata, ma non poteva prendersela con nessuno. Era stata lei a chiedere l'intervento del padre, che all'inizio si era opposto: «Guarda che la Mobile di Palermo è una piazza difficile. La rivalità tra colleghi è alle stelle. E poi non c'è niente di più respingente dell'inclusivo Sud».

«Io devo fare carriera e voglio andar via da Milano.»

«Che idea! Qui c'è la tua famiglia.»

«Di che famiglia stai parlando? Dopo quello che ho scoperto...»

Il padre non aveva avuto il coraggio di replicare, avrebbe fatto qualunque cosa per la sua Lallina.

«Va bene, se è la mia *segnalazione* che vuoi, non te la negherò, ma considera che per quanto tu possa lavorare, sarai per tutti la figlia del questore. Te la faranno pagare.»

«Dovranno ricredersi appena si accorgeranno del mio talento.»

«Non devi dimostrare niente a nessuno.» Il padre aveva allargato le braccia, ma lei lo aveva ignorato. Era l'uomo migliore che avesse mai conosciuto nella sua giovane vita, ma le aveva tenuto nascosta la verità e Giulia ce l'aveva con lui.

Prima di andare alla riunione indossò di nuovo la giacca e consultò l'oroscopo: «Nuvole per il segno dello Scorpione. Mercurio retrogrado, fate attenzione: si bloccano gli ascensori e si smagnetizzano i bancomat».

E ti pare!, pensò. Non credeva a una sola parola di quelle previsioni raffazzonate, ma la sua vita all'improvviso aveva cominciato a naufragare senza una spiegazione plausibile, se non il movimento capriccioso dei pianeti. Quindi si avviò. Appena i colleghi la videro si azzittirono. Giulia ebbe l'impressione che stessero parlando di lei. Li fissò negli occhi uno per uno con aria di sfida, la rabbia le stava di nuovo montando dentro.

«Tu guarda chi c'è, la Milanesa. Vieni, Milanesa, mangiati una bella iris alla ricotta» la invitò il capo.

Arturo Marchisio, primo dirigente dell'Unità delitti irrisolti, era un uomo volgare e maleducato, e non aveva in simpatia Giulia. Le aveva appioppato quel soprannome fin dal primo giorno e ora nessuno dei colleghi la chiamava con il suo nome. Anzi la rosa dei nomignoli si era allargata e dal piantone al primo dirigente era per tutti la *Milanesa*, la *raccomandata*, la *contessa*, *Frozen*.

«Allora che fai, te la prendi quest'iris? La ricotta si sta squagliando» insistette il capo. Lei accennò una mezza bugia su una ipotetica gastrite. «Ma è bianca. Non si mangia in bianco con il mal di stomaco? E poi guarda, è cotta al forno, quelle fritte sono finite.»

Giulia prese il dolce, se lo girò tra le dita, aveva una consistenza soffice. Lo addentò con cautela e cominciò a sbocconcellarlo.

«Milanesa, ti ho fatto chiamare perché ho buone notizie per te.»

«Sono tutta orecchie» rispose Giulia. «Aspetto da mesi di lavorare su un caso vero.»

«Sì, la fai semplice tu. Che ti pare che siamo al commissariato di Vigata? Muore uno e subito Montalbano corre. Qui siamo all'Udi, Unità delitti irrisolti; le indagini non si fanno per definizione, sennò sarebbero casi risolti e noi non esisteremmo» rise come un deficiente. «Ma, c'è un ma... Se sopravviene qualche novità, per esempio qualcuno confessa, un pentito parla a un processo, un investigatore privato scopre nuove prove, allora noi cominciamo a lavorare. Un tempo anche le famiglie delle vittime contribuivano alle indagini e pagavano di tasca propria. Ma oggi non ci sono più soldi, la gente campa con il reddito di cittadinanza e quello non basta. Perciò stiamo a girarci i pollici.»

Intervenne il vicequestore Improta, braccio destro del capo: «Perciò abbiamo ragionato...».

«E quando è successo?» lo interruppe Giulia. «Nelle ultime ventiquattr'ore? Tu guarda che le cose si smuovono in mia assenza» ironizzava l'ispettrice per nascondere il suo malcontento. Lei faceva parte a tutti gli effetti dell'unità, ma loro avevano discusso, tenendola fuori. Si morse le labbra per non rispondere male.

«Già, me l'hanno detto che ti sei presa un permesso, ma non hai aspettato che io lo firmassi» la rintuzzò Arturo Marchisio.

«Non c'era nulla da fare e inoltre avevo impegni» si giustificò Giulia facendo appello alla sua prudenza. Il capo era un rosicone e prima o poi gliel'avrebbe fatta pagare.

«La Milanesa aveva un appuntamento importante, hai sentito, Improta? Magari con il parrucchiere, vero? E si capisce. Guarda che bei capelli soffici...» L'uomo sollevò un braccio per toccarle il capo, lei si scansò fulminea. «Che fai? Hai paura che ti molesti? Non sia mai! Improta, pure tu devi fare uno shampoo, sembra che ti sei lavato nell'olio.» E passò la mano sulla testa calva del suo vice con una risata sguaiata.

«Ho capito, torno in archivio» concluse Giulia rassegnata, voltando le spalle.

«Aspetta, Milanesa. Vai di fretta?»

«No, lavoro non ne ho. Ma non voglio più essere il bersaglio del suo sarcasmo.»

«La raccomandata non ha paura nemmeno di Dio» sibilò il vicequestore Improta.

«Certo, con quel po' po' di padre che tiene.»

«Basta» li rimproverò Giulia. «Ora state esagerando.»

«Calmati, Milanesa» la riprese Marchisio. «Intanto ti ricordo che l'italiano è nato in Sicilia, alla corte di Federico II. Tu avrai pure studiato, ma di sicuro le scuole le avrai fatte a Milano e lì certe cose non le insegnano. Devi sapere che la nostra parlata è molto sofisticata e tiene in alta considerazione la questione del genere, che oggi è pure di moda. C'è il femminile, il maschile e, visto l'andazzo, anche il neutro.» Rise della sua battuta sessista.

Sono così primitivi, pensò Giulia. Il dirigente continuò nel suo sproloquio. «Milanesa quindi perché sei femmina; se fossi stata maschio, avrei detto milanisi, e bada che non è sostantivo plurale, ma aggettivo singolare.»

La misura era colma, Giulia fece mostra di voler andar via, lui la trattenne per un braccio. «Ora siediti, ti finisci l'iris e ti rilassi ché mi pari un tantino nervosa. Ricordati che se continui così, non c'è raccomandazione che potrà salvarti da un procedimento disciplinare.»

Lei accennò una timida protesta: «Ma se non mi mettete mai alla prova, non saprete mai se sono brava o no, e rimarrò sempre la raccomandata». Giulia aveva un tono piagnucoloso, la bambina abbandonata stava venendo fuori.

«Poverina!» sibilò il capo. «Stammi a sentire. Ho giusto una novità che potrebbe esserti utile per cancellare la scarsa considerazione che ho di te.» Lei aprì le orecchie, all'apparenza indifferente alle offese.

«Il vicequestore Improta ha avuto una bella idea. Ci ha dovuto ragionare un po', ché non è un fulmine, però il risultato è interessante. Mentre tu ti allisciavi i capelli, lui con quel suo bel cervellone ha pensato che si poteva scegliere un caso irrisolto e indagare, anche senza nuove prove. Pure lui non ne può più di girarsi i pollici. Sai, non sei l'unica a soffrire dell'inattività. Dietro quella testa pelata c'è un poliziotto rifinito. Poi a qualcuno a Roma potrebbe venire in mente di chiudere la nostra unità, ché da tempo non risolviamo un bel niente. E noi questo non lo vogliamo.»

«Evviva, finalmente si lavora!» esclamò Giulia fregandosi le mani.

«C'è un altro però... Non sono sicuro che una indagine senza ragione plausibile rientri nelle nostre prerogative. E soprattutto con che criterio scegliamo il caso da riaprire? Le malelingue sono sempre in agguato. Qualcuno potrebbe ventilare che l'Udi indaga solo se ha un interesse personale. Così mi sono detto: affidiamoci alla fortuna, e l'ho fatto. Ho messo i numeri delle pratiche dentro un bussolotto e, alla presenza di tutti gli agenti del piano ne abbiamo pescato uno. È uscito questo.» L'uomo mostrò una cartellina color verde acqua.

«Di che si tratta?» chiese Giulia mostrando interesse.

«È un omicidio, ma non ti voglio rovinare la sorpresa, lo scoprirai quando leggerai il fascicolo. Perché ho deciso che questa indagine la farai tu.»

«La ringrazio, capo, per l'incarico. Effettivamente non ne posso più di stare chiusa in archivio. Ma le rammento che io sono una profiler e...»

«E allora?» le rispose brusco l'altro.

«Di solito mi chiamano per indagare su serial killer, per individuare il *modus operandi* di assassini che ripetono sempre lo stesso schema... Qua c'è un morto, uno solo. A che serve una profiler?»

«Senti, non siamo a New York, ma a Palermo. Se si verifica un delitto appresso all'altro, non chiamano te, ma quelli dell'antimafia. Per me puoi rifiutarti e tornare dal parrucchiere, io rimetto la cartellina nell'archivio. Ma tuo padre non fa altro che chiamarmi, un giorno sì e l'altro pure: "Allora mia figlia? Che fa? Sta lavorando? Devi metterla alla prova". Insomma ho voluto accontentarlo.»

Lei avvampò e non rispose.

«Milanesa, sei psicologa, lo so, ma sei pure sbirra. Hai vinto un concorso?» L'uomo fece un gesto con la mano come a insinuare che chissà cosa c'era sotto. «Allora indaga. Fammi vedere che sai fare. E non sarai sola, lavorerai con l'agente Paola Arena.»

Oddio, Cuor contento!, pensò Giulia. L'aveva incontrata nei corridoi della Mobile, aveva una faccia araba e il sorriso fisso.

«Cerca di non metterti di traverso con lei. È giovane, ha un buon carattere, ma non è fessa.»

«Io veramente mi trovo bene con tutti.»

«Se lo dici tu, Milanesa. Ora vai, io e Improta abbiamo da fare.» Le girò le spalle e fece finta che lei non esistesse.

2

L'agente Paola Arena l'aspettava in corridoio. Aveva uno sguardo infantile e le mani giunte all'altezza del cuore in un atteggiamento grato. Indossava la divisa delle grandi occasioni, gonna grigia fin sotto il ginocchio, giacca blu. Era carina, gli occhi grandi, i denti regolari. Magra, castigata, ricordava una suora. «Buongiorno, dottoressa. Che bello! Non vedo l'ora di mettermi al lavoro. Sono sicura che sarà una bella esperienza.»

«Va bene, ma andiamo nel mio ufficio» disse Giulia contrariata; avrebbe preferito, perlomeno all'inizio, fare tutto da sola.

Percorsero il corridoio accompagnate dal rumore dei tacchi che risuonavano sulla graniglia come grandine sui vetri e dal tintinnio della catena che reggeva una borsa Chanel. Paola le stava accanto e non la finiva di pigolare, le sue décolleté blu, tacco basso, suola gommata, cigolavano come fossero bagnate. Il piantone le osservò divertito; formavano una strana coppia. Una sinuosa, i capelli raccolti in una lunga coda di cavallo, l'altra spigolosa, un taglio corto e scompigliato.

Chiusa la porta, si sedettero vicine; i loro profumi

sapevano di zagara e ambra. Aprirono finalmente la cartellina e cominciarono a leggere.

L'omicidio era avvenuto il 17 maggio 1977. La vittima, il direttore di un ufficio postale periferico, era stata trovata riversa in una pozza di sangue da un'impiegata appena tornata dalla pausa pranzo. La donna era corsa in strada a chiedere aiuto. I sanitari intervenuti dopo un'ora avevano potuto solo constatarne il decesso.

«Cerchi tra i fogli, ci deve essere un verbale» ordinò Giulia, perentoria.

Il verbale c'era, in doppia copia, battuto a macchina su carta sottile e firmato da un certo ispettore Panseca, il primo ad arrivare sulla scena del crimine.

«Si segni il nome dell'ispettore.»

Paola provò un certo fastidio per il tono di comando. Tuttavia sorrise e sfoderò la penna.

«Dobbiamo parlare con lui» continuò Giulia con voce imperativa. «Sempre che sia ancora vivo.»

«Dottoressa, non solo è vivo, ma ricorda tutto. Quell'uomo è un archivio vivente!»

«Allora lo chiami e andiamo a trovarlo.»

«Chiamarlo è complicato. Panseca è un tipo all'antica, il telefono non lo usa. Ma magari viene in ufficio: non sa stare lontano dalla Mobile. Oppure ci presentiamo a casa sua.»

Giulia continuò a leggere. «La porta esterna avrebbe dovuto essere chiusa durante la pausa pranzo. La serratura non è stata forzata. L'assassino aveva le chiavi?»

«Oppure il direttore lo conosceva e gli ha aperto» considerò Paola.

«Può essere. L'impiegata ha riferito di averla trovata accostata. Bisognerà interrogarli tutti, i dipendenti, se ancora esistono. Alberto Rendina, anni ventisette, postino, e Adele Cassise, anni trenta, addetta allo sportello. Doveva trattarsi di un piccolo ufficio.»

«Pallavicino in quegli anni era borgata. Di solito l'unico avamposto dello Stato era un commissariato con due poliziotti» la informò Paola.

«Pare siano state rilevate numerose impronte digitali e quella di una scarpa nella pozza di sangue vicino al cadavere. Chissà a chi appartiene. In quegli anni le scene del crimine erano spesso inquinate dagli stessi investigatori. Oggi c'è un rigido protocollo. Comunque il corpo della vittima non presentava segni di colluttazione. L'assassino l'ha colto di sorpresa e ha mirato dritto al cuore. L'uomo si sarà accasciato subito, senza accennare alcuna resistenza. La ferita al torace era molto profonda, e tirar via l'arma, conficcata tra le costole, deve aver richiesto un grosso sforzo. Dov'è il referto del medico legale? Le carte sono tutte in disordine, sembra che qualcuno abbia ravanato nel fascicolo. Va be', salterà fuori. Comunque l'arma del delitto non fu trovata.»

Giulia esaminò poi le foto. Gli occhi della vittima erano spalancati in un'espressione incredula. Accanto al corpo, poggiati con cura, le stanghette piegate, un paio di occhiali dalla montatura spessa, in celluloide nera, secondo la moda dell'epoca. Ermanno Mazza era aitante. I muscoli delle braccia possenti sotto la camicia di buona fattura; i pettorali incorniciati da una robusta catena d'oro. Doveva valere molto. Il rapinatore non aveva fatto in tempo a portargliela via.

«Magari il ladro è stato disturbato ed è fuggito prima di essere scoperto» concluse Paola.

«Strano, chi scappa lascia dietro di sé il caos: sedie rovesciate, oggetti sparsi. Invece dalle foto si evince un ordine meticoloso. Guardi. I fogli sono impilati sulla scrivania, le penne nel barattolo, le matite in un altro. Il rapinatore si è mosso in punta di piedi. Sembra abbia avuto rispetto della vittima, dell'ambiente. Anche i soldi, sono tutti lì.»

Lo sportello della cassaforte era aperto e all'interno si vedevano parecchie mazzette allineate, come se nessuno c'avesse messo le mani.

Secondo il verbale, all'appello mancavano dieci milioni, perciò si era deciso che si trattava di una rapina.

«Ma perché il ladro non ha tentato di portare via tutto? Mi sarei aspettata di trovare una borsa con il bottino, abbandonata nell'ufficio. Chi o cosa ha interrotto il rapinatore? Non si rischia la galera per poche migliaia di lire» considerò Giulia.

«Forse i suoi intenti erano altri?» chiese Paola.

Giulia sospirò, come cercare un ago in un pagliaio, ma quel caso rappresentava una bella sfida alla sua intuizione. Era arrivato il momento di riflettere, di esaminare i dettagli in solitudine, ché non era abituata al lavoro di squadra; la sua capacità di osservazione funzionava poco con qualcuno che le parlava accanto, e Paola sembrava un grammofono. Quindi si alzò, infilò il cellulare e alcuni documenti nella borsa. «Vado a casa e porto con me il fascicolo, qui non riesco a concentrarmi. Ci vediamo domattina e ne riparliamo.»

Cuor contento ci rimase male, uno sguardo deluso passò nei suoi occhi scuri, le labbra si atteggiarono in un broncio amareggiato. Aveva sperato che quella indagine potesse essere una buona occasione per conoscere la dottoressa Vella, e magari stringere un sodalizio tra donne. Nella Squadra mobile c'era una sovrabbondanza di uomini, poco inclini alle confidenze, al dialogo. Comunque fece buon viso: «Come vuole lei, dottoressa» rispose con un sorriso educato e filò via accompagnata dal cigolio mesto delle sue scarpe.

3

Giulia tornò a casa a piedi. Non vedeva l'ora di togliersi gli abiti sudati e fare una doccia fresca.

L'aria era sporca. L'afrore dei rifiuti usciva dai vicoli dei quattro mandamenti a zaffate. Uno strato polveroso ingrigiva le facciate dei palazzi storici, le statue delle sante vestivano i panni cupi dei monumenti funebri. La stessa cattedrale, che di solito brillava di una tonalità rosea, quel giorno appariva opaca, e i tetti, che si rincorrevano in un labirinto di merli e torrette, non avevano la consueta luminosità. Colpa della pioggia che mancava da tempo, anche se qualche nuvola cotonosa faceva capolino tra le guglie. Giulia si fermò sul sagrato deserto. Non ha l'imponenza del Duomo, ma è molto sofisticata, pensò. Un gruppo di turisti vinti dal caldo bivaccavano ai tavolini del bar tra coppe di gelati colorati. Ci passò in mezzo, provò nei loro confronti una certa invidia per quella sospensione dal tempo e dagli affanni di cui beneficia il viaggiatore.

Decise di fermarsi all'enoteca. Nulla di meglio, per placare l'arsura, di un calice di vino bianco con un cucchiaio di granita al limone. Trovò un vinaio pieno di entusiasmo che si dilungò in descrizioni dettagliate. Giulia fremeva, era accaldata, i vestiti l'avvolgevano come un sudario.

«Mi dia un vino buono, uno qualsiasi» disse con tono brusco. L'uomo continuò a parlare, ammiccando, sorridendo in un irritante gioco di seduzione. «Non ha bollicine?» tagliò corto lei.

«Sicuro. Posso proporle qualcosa di locale? Oramai in Sicilia produciamo certi champagne che i francesi se li sognano.»

Lei fece una smorfia incredula: «No, senta, lo champagne deve essere francese. Mi piace bere bene».

Questa ultima considerazione era del tutto inutile, ma desiderava dimostrargli di conoscere i vini quanto lui. Quello cambiò subito atteggiamento. Le lanciò uno sguardo ostile, che la trapassò da parte a parte. «Ci mancava solo la fichettina nordica che trancia giudizi dall'alto della sua latitudine» sibilò, quindi aprì il frigo e veloce incartò la bottiglia perché lei non riuscisse a leggere l'etichetta: «Non è quello che cerca, ma sono certo che le piacerà».

Giulia pescò nella borsa, tirò fuori una serie di oggetti prima di trovare il portafogli; poi, tenendo tutto in equilibrio tra le dita, chiese: «Quanto le devo?».

«Nulla. Mi faccia sapere cosa ne pensa e brindi all'amicizia.» L'uomo le si fece più vicino, aveva un profumo intenso e gradevole, la pelle lucida per il caldo. «Sa, non basta un bel faccino per conquistare il prossimo, bisogna essere capaci di farsi voler bene» le sussurrò dritto nell'orecchio.

Giulia, imbarazzata, corse via stringendo le sue cose, mentre quello le urlava dietro: «Metta il telefono in tasca, ché glielo strappano dalle mani. Vale quanto una dose di crac e qui dietro c'è l'Albergheria, non gliel'hanno detto alla Mobile?».

Fece la strada di corsa, girandosi spesso a guardare indietro, come fosse inseguita. Ce l'avevano tutti con lei o stava diventando paranoica?

Nell'androne del palazzo si lasciò avvolgere dalla frescura che veniva su dalle cantine. Una volta dentro l'appartamento aprì le finestre, la corrente agitò le tende. Cercò di tirar via la camicia che stringeva come un corsetto. Faticò, la stoffa non scivolava sulla pelle umida. Dovette forzare, finché l'arricciatura che segnava il punto vita si strappò. Uno squarcio divise in due il costoso indumento. Una cosa quella mattina l'aveva imparata: l'Armani di sartoria non era adatto al clima palermitano. Doveva comprare una maglietta da battaglia, magari in cotone. Una sconfitta per lei, che amava i bei vestiti, dentro ai quali si sentiva invincibile. Si ripromise di svuotare gli scatoloni, ancora impilati dopo il trasloco, e mettere ordine. Era pigra, Giulia, la sua indolenza nelle faccende domestiche faceva da contrappeso all'iperattività che aveva nel lavoro. Si specchiò, due lembi di stoffa sbrindellati pendevano ai lati dei suoi seni.

«Mi viene da piangere!» esclamò. «Una camicetta così costosa! Devo sfogarmi.»

Accese la radio, alzò il volume al massimo e cominciò a contorcersi in uno di quei balletti scatenati che fin da bambina l'avevano aiutata a tenere sotto controllo malumore, rabbia, tristezza. Nessuno poteva vederla dai palazzi vicini, mentre si dimenava nuda, ché la casa era sospesa tra cielo e mare. Ballò fino allo sfinimento, mentre il battito del cuore accelerava, il sangue scorreva veloce nelle arterie, le tensioni si scioglievano, le frustrazioni si dileguavano. Il rock era per lei la medicina migliore: smussava le sue asperità e le impediva di spezzarsi. La musica era finita da un pezzo, ma il suo corpo continuò a vibrare a lungo sotto l'acqua della doccia. Poi, ancora bagnata, Giulia si allungò sul divano, un calice fresco tra le mani.

Il caso che le avevano assegnato era una fregatura, lo aveva capito leggendo il verbale. Tuttavia non poteva rinunciare subito. Riaprì il fascicolo. Le informazioni erano pari a zero.

Questa storia della rapina non regge, si disse. Bisogna cambiare prospettiva.

Rilesse con maggior concentrazione i documenti e cominciò ad annotare le idee che le passavano per la testa. «Scena del crimine troppo ordinata» scrisse con una matita rossa. Chi ruba in genere è concitato, non fa attenzione a dove mette i piedi; si muove goffo, urta gli oggetti, che possono cadere sul pavimento, sui ripiani dei mobili. In questo caso, invece, il rapinatore aveva agito in modo sistemico e composto, sapeva quel che faceva, forse conosceva l'ambiente, magari cercava anche di preservarlo da eventuali danni. «Era uno che frequentava l'ufficio postale?» annotò.

I soldi erano stati prelevati con attenzione dalla cassaforte, nemmeno una banconota per terra. «Magari le ha pure contate prima di prelevare la cifra esatta che gli serviva. Oppure potrebbe essere stato lo stesso direttore a consegnargliele. Di solito si rapina una banca armati di pistola, nel caso le cose dovessero andare male. L'arma del delitto qui è un coltello o un tagliacarte: parla di passione, rabbia, denuncia emotività. E se il movente fosse di natura passionale?»

Nessuno aveva sentito niente. Possibile che il direttore non avesse urlato, né chiesto aiuto? Oppure nella terra dell'omertà qualcuno aveva visto ed era rimasto zitto? Secondo le deposizioni dei vicini, il direttore nella pausa pranzo era solito fermarsi in ufficio. Perciò chi era entrato sapeva di trovarlo lì. Ermanno Mazza forse conosceva il suo assassino e gli aveva aperto la porta. «Bisogna indagare anche tra le sue amicizie» appuntò Giulia.

L'orma vicino al cadavere apparteneva a un piede grande, numero quarantaquattro. Magari era di un incauto poliziotto, oppure l'assassino era un uomo. Però c'era una annotazione del medico legale che parlava di un colpo inferto dal basso verso l'alto. Che l'assassino fosse seduto o in ginocchio? Giulia cercò il referto dell'autopsia, nel fascicolo mancava. Scrisse un promemoria per Paola: «Cercare referto autopsia».

Trovò anche una bustina trasparente con fili setosi e lucidi, di colore giallo, arancio, viola. Avrebbe dovuto inviarla al laboratorio per le analisi. In una foto notò vicino al cadavere un foglio ripiegato. Avrebbero dovuto segnalarlo nella descrizione della scena del crimine. Che fosse una cartaccia di nessuna importanza? «Approfondire» scrisse tra i suoi appunti.

Il sole era calato, Giulia si sentiva un po' stanca. Una luce opalescente irrompeva nella stanza. Era quello il momento dei ricordi. Chiuse gli occhi, il vino l'aveva illanguidita. Le sovvenne dietro le palpebre la faccia pallida di Lorenzo che le accarezzava il viso. L'aveva lasciata lui dopo aver saputo che era stata adottata da piccola. Le aveva detto di aver bisogno di certezze. Educato, perbene, professionale… vatti a fidare del bravo ragazzo.

Sentì una nostalgia pungente e fastidiosa. Non le mancava Lorenzo, ma se stessa felice e sicura prima di scoprire quel segreto che la riguardava. Basta, pensò, devo concentrarmi sul lavoro. Riaprì gli occhi e scacciò i pensieri tristi. Ce la farò, la parola *raccomandata* se la dovranno ricacciare in gola e Lorenzo tornerà a chiedermi scusa, si disse prima di scivolare nel sonno.

4

L'agente Paola Arena lavorava alla Mobile da qualche anno. Non aveva un ruolo preciso e i superiori la spostavano da una sezione all'altra a seconda delle necessità. Il suo carattere docile la rendeva ben accetta ovunque, perciò Paola passava con disinvoltura dalla Omicidi ai reati contro il patrimonio, senza che nessuno si fosse mai lamentato. Chiacchierona e cordiale, entrava in sintonia con i colleghi che spesso se la contendevano. Però di fare carriera non se ne parlava, del resto lei non mostrava una particolare ambizione, anzi, raccoglieva le briciole e ringraziava anche. Era stato Marchisio in persona a chiamarla all'Udi e lei si era sentita lusingata. Ma ora non è che fosse proprio entusiasta di occuparsi di un delitto avvenuto quarant'anni prima. E poi la Vella sembrava così snob, lei invece era una ragazza semplice, al suo fianco avrebbe sfigurato.

Di solito divideva la stanza con il collega Francesco Massaro, un bravo agente che, per motivi disciplinari, era fermo al chiodo da anni. Lui sì che mordeva il freno, ma a causa di un incidente di percorso, ancora a quarant'anni, era fermo al ruolo di agente, nonostante parecchie inchieste concluse con successo.

Paola Arena quella mattina pensava ai suoi fallimenti e ogni tanto spremeva qualche lacrimuccia, nascondendo il viso dietro lo schermo del computer.

«È colpa della Milanesa?» le chiese all'improvviso Massaro.

«Ma no, cosa vai a pensare» lei si affrettò a negare.

«Senti, ci conosciamo da tempo, so quanto sei remissiva, ma attenta, ché la disponibilità quella la scambia per stupidità. Comunque so che dovete indagare sul caso Mazza. Che idea ti sei fatta?»

«Veramente la Vella si è portata via i documenti, non so molto.»

Lui sorrise e le posò sul tavolo una cartellina. «Io ho una cosa per te: il fascicolo completo.»

«Ma come hai fatto?» chiese Paola sgranando gli occhi per la sorpresa.

«Lo sai com'è il capo, mi vuole sempre umiliare. Il giorno prima della riunione mi ha chiesto di andare in archivio e portargli il caso n. 3031/77. Io, senza sapere né leggere né scrivere, l'ho fotocopiato. Marchisio mi tiene fuori da tutto, ma io sempre sbirro sono e non mi faccio fregare. Ecco, ora hai tutto, leggi, fatti un'idea e stupisci la Milanesa.»

«Grazie, sei un vero amico.»

«Anzi, sai che ti dico? Ti do una mano nell'indagine, sono stanco di girarmi i pollici. E così ti guardo le spalle, ché tu sei troppo buona.»

«Saresti stato un ottimo fidanzato» sospirò Paola.

«Ma va', lo sai che sono un ragazzaccio volubile.»

«Lo so. Per questo piaci alle donne.»

Tripi era immobile di fronte alla telecamera, imbambolato. Patate. Riusciva a pensare solo alle patate. Bianchicce, viscose.

«Tahir?» sibilò l'infermiera Thornhill tra i denti stretti del suo sorriso. «La telecamera sta aspettando te.» Poi si girò verso Petros. «Hai detto che possiamo fare dei tagli, giusto?»

Petros annuì.

«Allora, Tahir, dicci qual è il tuo piatto preferito.»

«Il *mezze*.»

«No, no. Petros, spegni. Tahir, devi parlare di piatti inglesi. Torta Victoria, *sheperd's pie*, meringa al limone.» Fece un gesto verso la telecamera. «È per la cerimonia di premiazione.» Sospirò e si rivolse a Petros. «Finisca lei, signor Spiteri, io ho del lavoro da fare. Quando ha fatto, si ricordi di farmi vedere il video.»

Petros annuì e l'infermiera Thornhill se la svignò con la stessa velocità con cui era piombata in cucina quel mattino, prima dell'arrivo degli ispettori.

«Per noi sarebbe un dolore se scoprissero dei tuoi problemi con l'ufficio immigrazione, vero Tahir?» L'aveva detto sorridendo, con i denti che brillavano sotto i neon della cucina. «Perdere il lavoro dopo appena due settimane? Essere rispedito a casa, con tutte quelle bombe?»

Il lunedì, quando era tornata da Londra con gli occhi rossi e il viso pallido e stanco come se fosse stata a un funerale, Tripi aveva provato della compassione. Ma era come se avesse accantonato quella persona in un armadio, insieme al cappotto e ai guanti neri.

Avrebbe dovuto trovare il coraggio. *Prendere il toro per le corna* e parlare con quegli ispettori, ignorando le minacce dell'infermiera. Milo aveva ragione, l'aveva deluso, aveva deluso tutti. Ayishah si sarebbe vergognata di lui.

«Non è la cartella di Milo, quella?» chiese Petros guardando le mani di Tripi.

45

Tripi

«Milo! La cartella!» Tripi corse fuori dalla porta con la borsa di Milo in mano, ma il bambino era già scomparso.

«Ah, Tahir.» L'infermiera Thornhill lo raggiunse dall'altro capo del corridoio. «Proprio te cercavo.»

Petros la seguiva con una videocamera in mano.

«Il nostro chef ha lavorato in alcuni dei migliori alberghi del mondo.» L'infermiera Thornhill si girò e mostrò un sorriso tirato alla telecamera. «Per noi della *Nontiscordardimé*, Tahir è un membro della famiglia.»

Sembrava una delle giornaliste delle trasmissioni politiche in Siria. Entrambi i partiti avevano lo stesso vocabolario: chiamavano i siriani «fratelli e sorelle» e gli dicevano che erano «parte della grande famiglia della Siria». Ma solo se ubbidivano, ovviamente.

«Eccoci in cucina. Il cibo è molto importante per i nostri clienti» disse, spingendo Tripi da un lato.

Petros la seguì.

«È stata progettata per garantire il massimo dell'igiene. Come potete vedere, oggi c'è stato un banchetto.» L'infermiera Thornhill mostrò con un gesto i banconi da lavoro pieni di avanzi di torte e canapè. Tripi era dovuto andare a ritirarli quel mattino, all'alba, al caffè su High Street.

«Tahir, perché non ci racconti qual è la tua specialità? Quello che più ami cucinare.»

Tripi tornò al lavello per finire di lavare i piatti. Non aveva voglia di parlare con Petros. Non dire la verità agli ispettori era una cosa, ma mettersi a girare un video di propaganda per l'infermiera Thornhill era davvero troppo.

«Tripi? Non vuoi parlare alla telecamera?»

Tripi infilò le mani nell'acqua calda e scosse la testa, cominciando a scrostare una padella.

«Pensavo che fossimo amici. Siamo due stranieri, io e te, naufragati su una strana isola.»

Tripi si voltò verso di lui con il viso rosso per tutto quello strofinare.

«Davvero non ti rendi conto di quello che sta succedendo?» gli chiese. «Vuoi aiutare l'infermiera Thornhill?»

Petros lasciò andare la telecamera, che gli rimase appesa al collo. «Non è semplice come credi.»

Secondo l'esperienza di Tripi, quando la gente diceva così, di solito voleva dire che le cose erano molto semplici, ma che la semplicità non gli piaceva. Come quando Tripi aveva fatto vedere la foto di Ayishah ai soldati dell'Esercito Siriano Libero e li aveva supplicati di aiutarlo a ritrovarla. Come quando era andato negli uffici governativi e aveva ripetuto fino allo sfinimento che Ayishah era troppo piccola per andarsene in giro da sola, che con tutte quelle bombe si sarebbe spaventata a morte e che dovevano cercarla.

Ma i soldati non avevano nemmeno guardato la foto, e i funzionari statali l'avevano buttato fuori dal palazzo.

Entrambe le parti avevano detto la stessa cosa: avevano cose più importanti di cui preoccuparsi, non avevano tempo di cercare una ragazzina.

«Perfino Milo se ne accorge, Petros.»

«Milo è arrabbiato perché Louisa non è a casa con lui e perché io e lei siamo amici.»

Tripi cercò un segnale sul suo viso: non capiva che in gioco c'era di più di un bambino che voleva che la nonna tornasse a casa?

«Non sei un uomo coraggioso, Petros.»

Petros si tolse il cappellino giallo e si passò una mano sulla chierica. «Magari no. Oppure, magari, non ho scelta.» Si attorcigliò il cappellino tra le mani.

Per forza è tutto consumato, pensò Tripi, *se continua a massacrarlo in quel modo!* La gente quando è spaventata fa così, come quando Ayishah, sentendo i colpi di pistola nelle strade di Damasco, bucava con i pollici le maniche del maglione della scuola, oppure quando Milo tirava le bretelle del suo zainetto mentre parlava con la vecchia signora Moon, oppure quando la bella Sandy non sapeva se entrare in casa sua e tormentava l'orlo del k-way che le aveva prestato.

«Petros, hai paura?»

Petros raddrizzò le spalle e gonfiò il petto. «Paura? Perché mai un uomo greco dovrebbe avere paura?» E poi si incurvò di nuovo. «Te l'ho detto, Tripi. Non ho scelta.»

«C'è sempre una scelta, Petros. Sempre.»

«È facile dirlo per te, amico mio. Sei giovane, non dipendi da nessuno. Ma un giorno capirai come ci si sente.»

Tripi pensò che gli sarebbe piaciuto essere abbastanza vecchio da capire cosa provasse Petros. Molti, dalle sue parti, non sarebbero mai arrivati alla sua età. Alcuni bambini non avrebbero nemmeno finito la scuola.

Tripi distolse lo sguardo dall'espressione imperturbabile di Petros, e notò un'etichetta sulla cartella di Milo: *Milo Moon*, con il suo indirizzo, *7 Crescent Way*.

«Devo andare» disse, asciugandosi le mani a uno strofinaccio.

Mentre usciva dalla *Nontiscordardimé*, Tripi vide che l'infermiera Thornhill stava parlando con Heidi e si acquattò dietro un angolo a origliare.

che gli si era parata davanti quel giorno passando da camera sua e tutte le altre cose che non aveva visto perché erano successe nel bagno. Tutto a parte il fatto che l'aveva vista nuda, perché pensava che la signora Moseley potesse imbarazzarsi.

«L'infermiera Thornhill l'ha chiusa a chiave.»

«Dove?»

«Nella sua stanza. Ha detto agli ispettori che la signora Moseley stava dormendo perché aveva bisogno di riposo.»

Milo girò i tacchi e andò verso l'uscita.

«Milo...» lo chiamò Tripi.

«Pensavo di potermi fidare di te» disse Milo. «Pensavo che capissi.»

«Ma come… Ma scusa… Perché?»

«Stamattina presto, quando ho preso servizio, l'infermiera Thornhill ha radunato le signore in soggiorno e gli ha fatto un discorso. Ha promesso che se vince il premio farà delle belle cose. Ha detto che userà i soldi che le daranno per migliorare le stanze e comprare cibo più buono. E ha garantito che sarà un onore essere pazienti della miglior casa di riposo dei dintorni di Londra.»

«E loro le hanno creduto?»

«Secondo me si sono spaventate, Milo. Se il piano non avesse funzionato, si sarebbero cacciate nei guai.»

«Ma il piano avrebbe funzionato, poteva realizzarlo anche un bambino.» Milo sentì la sua voce farsi sempre più stridula, come un violino scordato.

«Le persone anziane hanno più paura di me o di te, Milo. Si preoccupano perché non saprebbero dove altro andare.»

«E le prove? Non gli hai fatto vedere le prove?»

Tripi scosse la testa. «Mi dispiace, Milo, ma non posso perdere questo lavoro. Quando tutte le vecchiette hanno deciso che avrebbero parlato bene dell'infermiera Thornhill e della *Nontiscordardimé*, e quando Heidi ha detto agli ispettori che la Thornhill è la persona migliore con cui abbia mai lavorato e quando le infermiere delle altre case di riposo della *Nontiscordardimé* sono arrivate a sistemare l'ambiente e hanno fatto finta di far parte del personale, mi sono preoccupato. Se sei solo contro tutti a parlare, ti metti nei guai. È una cosa che ho imparato in Siria.»

Milo non riusciva a mettere bene a fuoco il viso di Tripi, finché non diventò solo una sagoma sfocata. Si strofinò gli occhi. Ma cosa stava dicendo? Che gli ispettori non avessero nemmeno un briciolo di sospetto?

«E la signora Moseley?»

Milo aveva ripassato cento volte la storia insieme a lei: la scena

Massaro fece un'espressione rammaricata: «Già, e loro piacciono a me, tanto da rovinarmi la vita. Comunque adesso devo andare, ma guarda, le sorprese non sono finite». L'agente le posò davanti una fetta di torta alle fragole.

Lei mise su un'espressione da bambina contenta e addentò il dolce. Schiacciò tra lingua e palato le fragoline: «Mmmh, che profumo di primavera».

«Prima che vada, non vuoi dirmi cosa ti è successo? Piangevi davvero per la Milanesa? Puoi parlare con franchezza, la verità rende liberi» continuò lui, e le accarezzò la testa con fare amichevole.

«Ma la panna rende felici» ribatté lei tornando a sorridere. «Adesso vai, io mi metto a leggere. Voglio imparare il fascicolo a memoria prima che arrivi la Vella.»

Appena Massaro chiuse la porta, Paola assunse di nuovo la sua espressione triste. Appoggiò i gomiti sul tavolo, prese dei respiri profondi e compose il numero del suo ex marito.

«Amore mio, come stai?» la salutò lui allegramente.

«Bene, anzi benissimo, mi hanno affidato un nuovo, vecchio caso, e sono molto contenta. Sai, lavoro con una ispettrice che viene dal Nord. Sono sicura che sarà una bellissima esperienza.» Paola recitava alla perfezione la parte della donna soddisfatta, ma lui la conosceva bene: «Sei sicura di quello che dici? A me sembri un po' strana...».

Paola sospirò, ma cosa doveva dirgli, che lui le mancava? Che invidiava la sua nuova moglie e che era stufa di raccattare gli avanzi? Perciò atteggiò la voce a un tono allegro e rispose: «Ma no, è impressione. Con questo sole come si fa a essere di malumore? Piuttosto il picciriddo come sta?».

«Bene. Ieri festa di compleanno: otto anni, sono già passati otto anni. Ti mando le foto e adesso scusa, devo chiudere, Rosalba è nei paraggi.»

«Non preoccuparti, ci sentiamo quando puoi.»

Lo amava ancora, il suo ex marito, erano sempre andati d'accordo. *Ding ding ding*, le foto cominciarono ad arrivare a raffica. Il picciriddo che spegne le candeline, il picciriddo con la mamma e il papà; il picciriddo che scarta i regali… Se fosse stata più dura, se avesse preteso la sua parte di felicità, forse le cose sarebbero andate diversamente.

Le immagini del suo passato presero a scorrere come in un film. Il matrimonio in chiesa, le loro mani intrecciate; il giuramento da poliziotta, lui che la osservava compiaciuto; la casa con il giardino, la gatta che ronfava nel letto. Ma la loro gioia era incompleta: mancava un figlio. La sua pancia, a ogni gravidanza, si svuotava prima del tempo, come fosse bucata; e poi i medici, i viaggi della speranza, le terapie ormonali, in un'altalena di illusioni e angosce. Finché si erano lasciati e lei era rimasta a fissare il soffitto tra lenzuola che non lavava mai per non cancellare il suo profumo. *Ding ding ding*, ecco altre foto: il picciriddo con un cagnolino, il picciriddo che salta sul tappeto elastico…

Da qualche mese lui era tornato: «Dovevi tenermi con te, invece di lasciarmi». L'aveva rimproverata e Paola, incapace di dirgli di no, se l'era ripreso. Ma per non separare il padre dal piccolo, ché i bambini hanno bisogno di entrambi i genitori, era diventata la sua amante. Lo stesso non era appagata. Avrebbe dovuto imparare a contraddirlo, quel marito viziato che voleva tutto.

Paola si asciugò due lucciconi. Erano anni che interpretava il ruolo di Cuor contento. Sarebbe stato bello mostrare i suoi veri sentimenti, il suo vero carattere, ché anche lei nascondeva delle ombre. Il telefono interno squillò, Giulia Vella era arrivata. Lei riprese a studiare il fascicolo in tutta fretta. Non sarà facile venirne a capo, le informazioni sono pochissime, disse fra sé scuotendo la testa in segno di impotenza. Potrebbe trattarsi di un omicidio di mafia, altro che rapina. Magari sono andati per riscuotere il pizzo, o a chiedere un favore, il direttore si è rifiutato e lo hanno ammazzato. Sì, un bel delitto di mafia è proprio quello che ci vuole. Che ne sa la Vella, che viene dal Nord, di queste storie? Io invece posso fare la mia figura.

Raggiunse Giulia nella sua stanza; l'ispettrice aveva già cominciato a smaniare. Il caldo, la finestra chiusa, i vetri sporchi, la luce scarsa.

«Dottoressa, buongiorno. Come va?»

L'altra borbottò un saluto: «Le ho portato il fascicolo».

«Grazie, dottoressa, ma ne avevo una copia e l'ho già studiato. Anzi, se vuole ne possiamo parlare.»

La Vella si mise sulla difensiva. Come aveva fatto ad avere i documenti? Che anche l'agente Arena, con quella faccia da santarellina, facesse parte della congiura contro di lei?

Giulia era per natura sospettosa e a Palermo la sua diffidenza era triplicata. Non capiva il linguaggio dei siciliani, la loro mimica facciale che con una sola smorfia recitava l'intera *Divina Commedia*, i suoni smozzicati che corrispondevano a perifrasi, i movimenti delle mani con i quali comunicavano intere epopee familiari.

«Si sieda e mi dica cosa ne pensa» ordinò in tono gelido.

«Per prima cosa io cercherei di capire il contesto in cui è avvenuta la rapina.»

«Cioè?»

«Lei ha mai visto la borgata di Pallavicino?»

«No, perché? Cos'ha di speciale? Sarà un paese brutto e senz'anima come tutte le periferie di questa Terra.»

«Vero, ma la storia di Pallavicino è particolare; conoscerla può aiutare.»

«E va bene, sentiamo.»

«La borgata è al centro della Piana dei Colli, una volta zona di vigneti, orti, agrumeti. Nel Settecento, quando Palermo cominciò a essere sovraffollata, piccoli agglomerati di case sorsero in prossimità di bellissime ville, e attorno ad alcune di esse si formarono dei borghi a vocazione agricola.»

«La sta prendendo un po' alla lontana» la interruppe Giulia.

«Se mi dà qualche secondo arrivo al punto.»

L'altra fece cenno di proseguire.

«Il vero scempio arrivò con il sacco di Palermo. Si cominciò a costruire in modo dissennato palazzoni tutti uguali che ridussero ai minimi termini una natura esuberante. Gli speculatori avanzavano di giorno in giorno divorando metri su metri di giardino e si fermarono solo ai piedi delle montagne.»

«Conosce bene quel territorio?» chiese Giulia.

«Mia madre possiede una delle ville storiche della Piana. Io là ci sono nata.»

«Però! È una ricca proprietaria terriera e fa la poliziotta?»

«Mi piace il mio lavoro, mi porta in mezzo alla gente e ho la sensazione di essere utile.»

«Anche a me piace quello che faccio. Contiene la mia curiosità che, se lasciata a briglia sciolta, può essere pericolosa nella vita di tutti i giorni.»

«Sbirra curiosa, sbirra sospettosa» rise Paola. «Ma arrivo al punto. Alla fine degli anni Cinquanta…»

«Ah, finalmente» sbuffò Giulia.

«Dicevo, alla fine degli anni Cinquanta e all'inizio dei Sessanta, la Piana dei Colli fu teatro di uno scontro tra famiglie mafiose contrapposte.»

«Non vorrà mica dirmi che Ermanno Mazza l'ha ucciso la mafia? Ma dai. I mafiosi non uccidono in silenzio, né usano il coltello. Sparano, fanno casino per ribadire il loro potere, per spaventare, per imporre il loro giogo…»

«Dottoressa, lei viene dal Nord, mi scusi se posso sembrarle presuntuosa, ma di mafia lei che ne sa?»

Tu guarda, la gatta morta tira fuori le unghie, pensò Giulia, e aggiunse: «Vada avanti, prometto che non parlo più».

«Le dicevo che scoppiò una guerra sanguinosa. Pensi che le cronache dell'epoca parlano di una certa vedova nera, detta anche la pasionaria, che si concedeva ai sicari ogni volta che veniva ucciso un componente della famiglia rivale. In quel periodo i mafiosi vivevano soprattutto di pizzo, e il controllo del territorio era indispensabile per la sopravvivenza. Agli inizi degli anni Settanta il potere dei locali fu ridimensionato dalla crescente egemonia dei corleonesi che si erano spinti fin lì. C'erano in ballo i soldi degli appalti e del traffico di droga. Le famiglie del posto continuarono a vivacchiare con i soliti metodi e rimasero garanti dell'ordine pubblico.»

Giulia aveva seguito il racconto dell'agente con lo stesso scetticismo che riservava alle favole della nonna: «Ma che c'entra con il nostro caso?».

«Questo per spiegare che Pallavicino era ed è sotto uno stretto controllo mafioso. Impossibile fare una rapina senza il consenso del capozona. Perciò l'omicidio potrebbe essere stata la conseguenza di una guerra tra cosche, o uno sgarbo fatto al capo; oppure il Mazza ha disubbidito agli ordini e per questo è stato punito.»

«Vuole dire che la rapina serve a mascherare un delitto di mafia?». Giulia scoppiò a ridere: «Agente, penso che sia davvero fuori strada».

Paola cercò di far valere le proprie ragioni: «Dottoressa, per il momento non abbiamo altre piste e non costa nulla rileggere le cronache dell'epoca. Almeno sapere come si chiamasse il capomafia. Lo sanno anche i bambini che non si muove foglia che il padrino non voglia».

«Senta, glielo dico io cosa dobbiamo fare: indagare su cose concrete e lasciar perdere le leggende. Pertanto chiediamo alla polizia criminale i cartellini con le impronte digitali rilevate sulla scena, ammesso che le abbiano ancora. E mandiamoli all'Afis, per capire se le stesse sono state schedate, magari successivamente. Oggi con i computer è tutto più facile e chissà che non salti fuori qualcosa. Però in archivio questa volta ci va lei, Arena. E programmiamo una bella gita a Pallavicino, anche se dopo tanti anni la borgata sarà cambiata. Infine troviamo l'ispettore che ha condotto l'indagine e capiamo se è disposto a fare una bella chiacchierata tra colleghi. Ci vediamo domattina.»

«Dottoressa, ci vorrà del tempo. All'archivio della polizia criminale sono sommersi di lavoro, e anche all'Afis, penso.»

«Questo caso ha aspettato quarant'anni, potrà aspettare qualche settimana» concluse Giulia.

Paola esitò, stava riflettendo: «Dottoressa, io avrei una proposta. Perché non ci facciamo aiutare dall'agente Massaro?».

«Chi è?»

«Non l'ha mai visto? Quello belloccio, scuro scuro che pare un saraceno, con la testa piena di ricci.»

«No» rispose Giulia, secca.

«Ah, lo deve conoscere. È molto simpatico, e inoltre ha amici dappertutto. Lo sa come lo chiamano? La cucchiara di tutte le pignate; alludono alle donne, ma non lo è solo per quello. Francesco, sono certa che ci darà un grande aiuto.»

«Ma com'è entusiasta, Arena! Deve essere proprio un fico.»

«Non fraintenda, dottoressa. Noi siamo molto amici e lui davvero è un valido investigatore.»

«Va bene. Però glielo chieda lei e a titolo personale, io non voglio debiti con nessuno.»

Massaro era seduto al suo tavolo. «L'hai fatta nera?» le chiese.

«Ma no, che vai a pensare. Però l'ho convinta: sei dei nostri nell'indagine. Ora devi farmi un favore.»

«Per te qualunque cosa.»

«Tu che conosci tutti, mi faresti questa ricerca? Se chiedo io ai colleghi, quando mi danno retta?»

«Ma certo, lo sai come mi chiamano?»

«La cucchiara di tutte le pignate!»

Risero insieme.

5

Paola Arena la mattina dopo era al bar con l'agente Massaro. «Hai pensato qualcosa di nuovo?» le chiese lui addentando una brioche.

«Non so... Io alla rapina non ci credo. Anche se, intendiamoci, Panseca è stato un poliziotto di primordine.»

«No, mi riferivo alla pantomima di Marchisio.»

«Secondo me al capo, di risolvere il caso non gliene importa nulla, vuole mettere in mezzo la Milanesa» rispose Paola.

«Mah, non ti pare strano che all'improvviso Marchisio decida di riesumare un omicidio vecchio di quarant'anni e senza un motivo plausibile, se non quello di dare lavoro alla Milanesa che si annoia?»

«Tu cosa pensi?» domandò lei mordendo una ciambella bianca di zucchero.

«Sai che mancano uomini e risorse. A qualcuno potrebbe venire in mente di sopprimere l'unità, del resto non risolve un caso da prima della pandemia. Io pure c'ho messo del mio.» Massaro le si avvicinò fino a sfiorarle l'orecchio e prese a sussurrare perché nessuno lo sentisse: «Ho contattato l'ufficio centrale ispettivo, segnalando delle irregolarità amministrative».

«Te le sei inventate? Un poliziotto non bara.»

«Ma va. Marchisio è così impudente che imbroglia e non lo nasconde. Lui e Improta da anni segnano una quantità esagerata di ore di straordinario. Te l'immagini che loro due lavorano di notte e nelle feste comandate e l'unità non svolge mai una indagine?»

Paola sgranò gli occhi: «Speriamo che non ti si ritorca contro».

«Cosa ho da perdere? È vero, mi sono scopato la moglie del capo, ma sono passati secoli. Ho chiesto il trasferimento e lui non solo si è opposto ma, con la complicità dei superiori, mi ha condannato a stampare fotocopie... Lo so, è un azzardo, ma non ce la faccio più.»

«Ti ci vorrebbe una bella raccomandazione, magari un amico tra i funzionari ispettivi.»

«Ora lo chiedo alla Milanesa.»

«Poverina! Io la capisco. È giovane, sola, lontana da casa.»

«Smettila con questo buonismo da telenovela. E ti do un consiglio: non cercare come tuo solito di aiutarla, sprechi il tempo. Sono sicuro che farà un buco nell'acqua e darà a te la colpa.»

«Ma perché ce l'hai tanto con la Vella? Che ti ha fatto?»

«Nulla e poi quella non sa nemmeno che esisto.»

«Allora è per questo. Non è caduta ai tuoi piedi come le altre. È l'orgoglio ferito che ti fa parlare» scherzò Paola.

In quel momento Giulia stava attraversando la strada proprio di fronte a loro.

«Sarà come dici tu, ma ha proprio un bel viso» considerò Paola.

«Ma soprattutto un bel culo!» la corresse Massaro. E corsero alla Mobile per arrivare prima di lei. Giulia aveva disposto per quella mattina il sopralluogo alla borgata.

Chiusa nella sua stanza senza finestra, Giulia non vedeva l'ora di uscire. Paola la sentì imprecare da dietro la porta. Non ha pace, pensò prima di bussare.

«Dottoressa, io sono pronta, quando vuole ci muoviamo.»

Presero la macchina personale dell'agente Arena, una Panda gialla, lucida lucida, che sembrava appena uscita dal concessionario. Ci misero un'eternità ad attraversare il centro, era tutto bloccato. Poi, dalla via del Fante, una fettuccia di asfalto polveroso tra alti palazzi, più nessuno, nemmeno un pedone. Ma chi avrebbe scelto di passeggiare su una striscia di bitume delimitata da erbacce?

«Che schifo» esclamò Giulia.

«Le periferie del mondo sono tutte ugualmente brutte, lo sappiamo» replicò Paola. «Vede, dottoressa, stiamo attraversando la Piana dei Colli, di cui le ho parlato. La città finiva lì dove comincia il parco della Favorita. Negli anni Cinquanta tutti questi grattacieli non esistevano, ora arrivano fin sotto monte Pellegrino.» Il cielo era di un azzurro disarmante e la luce intensa.

Giulia inforcò gli occhiali scuri. «Le rocce sono così aspre...» disse allungando il collo verso l'alto. «Minacciose, sembra debbano venir giù da un momento all'altro. Non sia mai un terremoto.»

«C'è stato il terremoto nel 1968, quello che ha distrutto il Belice. La gente veniva qui a cercare riparo nella terra da una sciagura, che proveniva dalla terra stessa. Mia madre mi racconta che per alcuni mesi il parco della Favorita si riempì di macchine, bambini che piangevano, donne che pregavano. Alcuni montarono le tende da campeggio, si cucinava all'aperto.»

«Come tornare dalla mamma.»

«Dal padre» la corresse Paola. «Vede, la montagna, anche se di genere femminile, è per noi padre; il mare invece madre. La nostra lingua è contraddittoria rispetto all'italiano. Voi dite il fagiolino, noi la fagiolina; il bancomat, la bancomat.»

Allora non è solo Marchisio ad avere problemi con la grammatica, pensò Giulia.

«Oggi siamo fortunate. Normalmente la strada è una lunga coda di macchine. Questa zona, un tempo borgata, ora fa parte della città metropolitana di Palermo e le istituzioni l'amministrano con la stessa incuria che riservano al centro storico. Vede, non c'è un filo di verde e non per via della siccità. Tutti pensano che in Sicilia manca l'acqua, qui passavano veri e propri fiumi. Il sacco di Palermo ha cancellato giardini, vigneti, vivai, alberi d'alto fusto e le tracce di un glorioso passato. È rimasto il Teatro di Verdura.» Paola rallentò per mostrarle una costruzione pretenziosa. «Dentro c'è un giardino magico, con una fontana piena di ninfee e un cespuglio di capelvenere che sale su per le gambe di Armonia. D'estate ci fanno degli spettacoli bellissimi di danza.»

«Le piace il balletto?» chiese Giulia. Il movimento

della macchina, la strada dritta, l'afa l'avevano rilassata. Quand'era piccola e piangeva, il padre la scarrozzava per i viali alberati di Milano, finché lei si addormentava.

«Mi piaceva danzare da piccola. A quale bambina non piacciono scarpette e tutù? Poi mi sono ritrovata con anfibi e tuta mimetica.»

«Anche a me piace molto, ma mi vergogno e lo faccio di nascosto. Non sono mai andata nemmeno in discoteca» sospirò forse con rimpianto.

Dopo Villa Niscemi comparve un buffo edificio in stile orientale, la palazzina cinese.

«Ma cos'è?» chiese Giulia. «Non ho mai visto nulla di così strano.» Si tirò gli occhi verso le tempie e cominciò a cantare: «Cin cin cinesin / cin cin, mandarin / cin cin sul tuo bel codin...».

Paola si rabbuiò. «Ci considera provinciali, vero?».

«Ma no, semmai internazionali. Sembra di stare a Pechino.»

«Ne vedrà di cose strane, dottoressa. Noi siciliani siamo sempre un po' fuori dagli schemi.»

Il cartello PALLAVICINO comparve nei pressi di Villa Speciale. «Contrariamente a quello che i palermitani pensano, che la borgata si chiama così perché tanto vicina a Palermo che la puoi raggiungere con un tiro di palla, il nome viene dalla famiglia che possedeva l'intero fondo.»

La strada principale piegava in una curva ampia; si arrestò all'altezza di un crocevia, dove il marciapiede si allargava e dava spazio a una aiuola spelacchiata, punteggiata di cartacce.

«Questa è l'agorà del paese» disse Paola, fermando la

macchina in doppia fila. «Guardi, dottoressa, non c'è né un bar, né una panchina. In pratica, una via principale e tante traverse laterali. Perciò lo chiamano lo Stradone.»

La borgata nel complesso era la rappresentazione urbanistica del *cupio dissolvi* che ossessiona i siciliani. Ai lati della strada principale due panifici, un supermercato, un gommista. Tutto intorno il caos. Auto intrappolate nel traffico, la corsia di marcia ridotta a un budello, automobilisti inferociti si sbracciavano dai finestrini, urlavano.

«Perché non interviene?» chiese Giulia indicando un vigile solitario.

«Ma, poverini, dove le mettono le macchine?» fu la risposta comprensiva di Paola. Intanto signore cicciottelle, uomini in bermuda e ciabatte, ragazzi con tagli di capelli particolarmente curati arrivavano al crocevia, spegnevano il motore, e si incamminavano a piedi facendo cenno al vigile: «Devo ritirare la carne...», «Il bambino sta uscendo da scuola», «Un attimo, compro il giornale».

«Qua è sempre così. Le borgate sono *extra legem*. Gli abitanti provvedono da soli ai loro bisogni, compresa la gestione dei rifiuti» disse indicando mucchi di spazzatura. «Una metà di loro pulisce, l'altra metà sporca. Si vive un eterno presente» continuò Paola. «Il futuro non esiste, il passato viene subito rimosso. Ciò detto, non sarà facile trovare testimoni della rapina.»

«L'omertà spacciata per oblio» considerò Giulia. «Andiamo a cercare l'ispettore Panseca.»

«Sì» acconsentì Paola. «Avverto però il vigile che non stia a preoccuparsi della macchina mia, tanto stiamo qui intorno.»

6

L'ispettore Antonio Panseca, era seduto su uno sgabello davanti a un palazzo dalla facciata rosso pompeiano. Teneva un mezzo toscano tra i denti, le mani incrociate sul bastone, una coppola scivolata sulla nuca. Era secco, incartapecorito; gli zigomi puntuti sotto una ragnatela di rughe.

«Buongiorno, ispettore, come sta? Bella giornata di sole, vero?» esordì Paola.

L'uomo non reagì, forse non ci sentiva bene. Paola alzò il tono della voce: «È un po' che non ci vediamo».

Panseca rimase immobile, una sfinge. Giulia guardò dubbiosa la collega, picchiò l'indice contro la tempia e sussurrò: «È rimbambito».

«Può dire alla gentile signorina che profuma di tuberose che non sono rimbambito. Sono lento. Alla mia età ci vuole del tempo per carburare.»

«Ma che andate pensando, ispettore? Sembrate un ragazzino. Che fate, vi godete il sole? Certo che il caldo è arrivato presto, quest'anno...»

«Vi siete fatte tutta questa strada per parlare del clima?» chiese l'uomo sollevando il mento in direzione della sua interlocutrice. «O forse vi serve qualcosa? Nessuno perde tempo per visitare un vecchio poliziotto in pensione.»

«Non vi si può nascondere nulla» scherzò Paola. «Il segugio è sempre in agguato.»

«E come si chiama questa bella principessa di ghiaccio?» chiese lui senza accennare ad alcun movimento, la testa sempre dritta, gli occhi fissi davanti a sé.

«Ispettrice Giulia Vella» si presentò lei.

«È arrivata da poco, vero? A Natale, non ci siamo incontrati alla Mobile.»

«Ma perché, lei è a conoscenza di quello che fa ogni agente delle Polizia di Stato? Non esiste quella cosa che si chiama riservatezza?» fu il commento acido di Giulia.

«Dottoressa Vella, l'hanno mozzicata le vespe? Con quella faccina d'angelo e quegli occhioni da cappuccetto rosso, non mi aspettavo una rispostaccia. Sì, è vero, noi siciliani siamo impiccioni, e però non è un difetto. È che ci interessiamo della vita degli altri, parliamo con tutti, siamo gioviali e pronti ad aiutare. Da voi, al Nord, perché è da lì che viene, vero? Da voi la gente vive isolata e muore non in solitudine ma a causa della solitudine. Mamma mia! Ho fatto un anno a Torino e se ci penso mi vengono i brividi.»

«Quanti luoghi comuni!» Giulia fremeva di indignazione.

Paola cercò di sviare il discorso: «Ispettore Panseca, la dottoressa Vella è con noi dallo scorso settembre».

Il vecchio girò faticosamente la testa verso di lei: «Allora la tenevate nascosta? Perché, c'è un marito geloso?

Sono vecchio, ma ancora le donne...». Emise un sibilo che voleva essere una risata.

«A Natale, quando lei è venuto alla Mobile, io ero già di servizio, ma mi avevano rinchiusa in archivio.»

Le labbra dell'ispettore si arricciarono e si allargarono come un mare agitato, la sua faccia ebbe un sussulto di sdegno. «Nascondere una così bella ragazza, un peccato! Solo quello scemo di Marchisio, ma che capisce quello? E quanti anni hai?» chiese Panseca passando di botto dal lei al tu.

«Trentacinque. E lei, ispettore?» chiese Giulia di rimando.

«La galanteria mi impone di rispondere con sincerità: ottantasei. Le sembrano troppi?»

«No, sono propri quelli giusti.»

«Per fare cosa, per morire?»

«No, per darci una mano d'aiuto, se la memoria ancora l'assiste.»

L'uomo serrò i pugni sul bastone, le nocche si fecero livide. «Calano dalle loro umide tundre con passo marziale. Si infilano nel nostro giardino fiorito in silenzio e poi parlano e straparlano. Ci considerano coglioni» parlava a se stesso.

Giulia era pronta a scattare, ma Paola la fermò: «Il Panseca è l'unica fonte di informazione al momento. Cerchiamo di prenderlo con le buone». Si rivolse al vecchio e aggiunse: «Ma no, ispettore, che dite? La collega fa dell'ironia. La colpa è mia. Ho parlato di lei come di un uomo spiritoso, disponibile allo scherzo, e la latitudine ha fatto il resto. Quello che da noi è malacrianza, al Nord è burla».

L'ispettore si ammorbidì: «Scusa, principessa. È che sembri una picciridda e io mi comporto come un vecchio permaloso».

«Mi scusi lei, ispettore, non volevo offenderla, sono solo un po' nervosa.»

In quel momento da un porticato spuntò un ragazzetto a cavallo della sua bicicletta. Pedalava veloce e puntava dritto al Panseca. Inchiodò rumorosamente davanti ai suoi piedi: «Zu' Nenè, che fa, dorme o muriu?».

Il vecchio roteò il pugno nell'aria, la sua faccia diventò rossa: «Pezzo di vastaso» sbraitò. «Zu'? A me? Ma come ti permetti? Zu' lo dici a tuo padre e a tutti i maschi della tua famiglia.»

Il ragazzo fece una impennata, e scappò via in equilibrio sulla ruota posteriore.

«Ma perché se la prende?» chiese Giulia. «Zu' non significa zio?»

«Tu non sei di qua, perciò ti fa meraviglia. Zu' era un tempo riservato agli uomini di rispetto, vale a dire ai mafiosi. Perciò dare dello zu' a un poliziotto equivale a un insulto. Oggi la parola è un residuo preistorico e identifica una intera categoria antropologica. C'è uno scrittore siciliano che dello zu' ha raccontato tutte le caratteristiche, *modus operandi* compreso. Dovresti leggerlo, dottoressa, capiresti molte cose di noi siciliani.»

«L'ho letto anch'io» intervenne Paola. «È ambientato a Partanna, ma vale per qualunque borgata della Piana dei Colli.»

«Le piace leggere?» chiese Giulia.

«Che vuoi, sono pensionato, il tempo lo devo far passare. Quando c'è il sole mi siedo fuori ad annusare l'odore delle alghe. Per grazia di Dio, i palazzi non hanno fermato il vento e il profumo arriva dritto dritto da Mondello. Se piove rimango a casa, leggo e mi difendo dalle camurrie.»

«La capisco, i libri sono una bella compagnia. Ispettore Panseca, si ricorda della rapina all'ufficio postale? Quella in cui ammazzarono il direttore?»

«Come faccio a dimenticarla? Ermanno Mazza, si chiamava la vittima. Lo conoscevano tutti, allo Stradone. Un bell'uomo, alto e con certi occhi turchesi. È successo proprio qui di fronte. Da allora i locali sono chiusi, nessuno ha pensato di affittarli o comprarli. Secondo me nei cassetti ci sono ancora gli effetti personali del direttore.»

Attraverso i vetri sporchi si intravedeva la sagoma del bancone, le sedie addossate alla parete, gli scaffali in formica.

«Sa, io in questo palazzo alle mie spalle ci sono nato. Quando mi sono sposato i miei genitori mi hanno lasciato l'appartamento. Non mi sono mai mosso da qui. Ermanno Mazza lo incontravo prima di andare al lavoro, eravamo mattinieri tutti e due.» Il vecchio chiuse gli occhi, sembrava frugasse tra i ricordi.

«Ho condotto io le indagini, ma con superficialità. Avevamo pochi mezzi. Mancavano dei soldi nella cassaforte e non avevamo alcuna pista evidente. Speravamo in una soffiata, una lettera anonima, ma nessuno nei mesi successivi si presentò al commissariato. Gli informatori avevano la bocca cucita. C'era qualcosa di segreto dietro al delitto. Io comunque alla rapina non ci ho mai creduto.»

«Ma perché ha chiuso le indagini allora?»

«Abbiamo avuto pressioni dall'alto. Ermanno Mazza era il genero du zu' Tano Genco, detto lo Strummato, il capomafia di Pallavicino.»

Paola gonfiò il petto: Lo vede, dottoressa, che il delitto potrebbe avere una matrice mafiosa?, sembrava dire il suo sguardo luccicante.

Giulia fece spallucce e continuò a parlare con Panseca: «Che vuol dire *strummato*?».

«Deformato. Da giovane, Tano Genco aveva ammazzato un uomo a cazzotti, frantumandosi le dita. Non si era fatto curare per paura di essere riconosciuto e di finire in galera e le ossa delle dita si erano saldate male, perciò la mano destra era deforme.»

«Non le pare strana una rapina nel suo feudo e proprio all'ufficio postale di cui era responsabile il genero?» chiese Paola.

«È proprio questo il punto. Sì, ma non trovammo niente. E negli anni successivi qui allo Stradone nessuno ne parlò mai. Perché, ci sono novità?»

«No, ma il capo ha deciso di riaprire il caso.»

«Che mascalzone! Una specie di battesimo del fuoco per la principessa di ghiaccio. Ti sta mettendo alla prova. Ma se io fossi al tuo posto...» concluse il vecchio con un'espressione sorniona.

«Che farebbe?» lo incalzò Giulia.

«Be', gli farei rimangiare quella supponenza che ostenta dal giorno in cui è diventato primo dirigente alla Squadra mobile. E gli ricaccerei in gola il soprannome... Perché te ne ha appioppato uno, vero?»

«Milanese.»

L'ispettore Panseca scoppiò a ridere: «Semmai Milanesa. E, lasciami dire, che uomo banale! Solo se si tratta di leccare il culo ai superiori mette in moto la fantasia, perciò ha fatto carriera». Giulia cominciava a provare simpatia per quel vecchio senza peli sulla lingua.

«Lei da dove comincerebbe?» ritornò a bomba Giulia.

«Be', controllerei nell'archivio digitale le impronte rilevate all'epoca. Magari esce fuori qualcosa. E andrei a parlare con l'impiegata che ha trovato il corpo. Allora, con la scusa che era spaventata morta, non sono riuscito a tirarle fuori una parola di bocca. Le tremavano la voce e le gambe. Mi ricordo che se la stava facendo sotto, era rossa in faccia per lo sforzo di trattenerla. Si chiama Adele Cassise, una bruttina segaligna. Ho sempre avuto la sensazione che avesse omesso qualche particolare. Ma ora potrebbe essere più loquace. I vecchi parlano, parlano, sono incontinenti in tutti i sensi.»

«Potrebbe aver avuto una tresca con il direttore?» ipotizzò Giulia.

Panseca scoppiò a ridere: «Ma no! Il Mazza stava con due piedi in una scarpa, ché rischiava la vita a tradire la figlia dello Strummato. E poi lui era il bello del quartiere, le donne gli cadevano ai piedi. Che se ne faceva di una come la Cassise? Era così brutta. Si è sposata tardi e con uno spiantato che mirava al suo stipendiuccio».

«Dove abita?» domandò l'ispettrice.

«Nella stessa casa di allora. Un po' come me. Siamo gente abitudinaria e senza fantasia, allo Stradone, ci muoviamo come criceti in una ruota.»

«Sono sbigottita, non pensavo di trovare testimoni ancora vivi dopo tanti anni!»

«Ah, se è per questo c'è anche Rubinia Mazza, la vedova del direttore. È ancora viva e straparla. Ha perso i freni inibitori e le è venuto uno scilinguagnolo... Ne ha di cose da raccontare, quella testa matta. E pensare che era così riservata da giovane. Ma è cambiata. Anche lei incontinente.» Rise l'ispettore della sua battuta e continuò con una certa ilarità: «Perciò i mafiosi li ammazzano da giovani, per evitare che con gli anni rivelino i loro segreti. Tutto considerato, l'assassinio di un mafioso non è un crimine, ma una forma di prevenzione».

Giulia scoppiò a ridere. Sembrava divertita.

«Lo sai che quando sorridi la tua pelle bianca si illumina? Omero direbbe che il tuo volto dardeggia. Ti piacerà vivere qui, dottoressa, c'è il sole che scalda e il mare è respiro vitale. Qui non si muore, al massimo si passeggia in un'altra dimensione. Noi siciliani siamo eterni.» L'ispettore staccò una mano dal bastone e fece volteggiare le dita, disegnando nell'aria. «È dolce l'amore in Sicilia. Gli uomini siciliani sono contorti, ma ripagano in passione.»

Giulia sospirò.

«Che è, non ti piacciono gli uomini? Anche le donne non sono niente male.»

«Cosa dice, ispettore!» lo riprese Paola.

«Ti scandalizzi, Arena? Allora non sono io il vecchio.» Si alzò lentamente e aggiunse: «Scusate, ma devo tornare a casa, mia moglie a quest'ora mette a tavola e se non arrivo chi la sente? Ah, tornassi indietro non mi sposerei mai. Allora, io vado e a voi buona fortuna. Appena trovate qualcosa venite a raccontarmelo e se volete altre informazioni, io sono qui».

Lo videro entrare nel portone, le ginocchia piegate, la schiena un po' curva.

7

«Giove in opposizione: controversie legali. Mercurio in quadratura: la forma fisica lascia a desiderare. Munitevi di pazienza, dedicatevi allo sport. Un nuovo incontro per chi è solo. Nell'attesa non fate nulla.» Ancora previsioni negative, meglio cominciare a lavorare, pensò Giulia; frugando tra le carte, non trovava il referto dell'autopsia di Ermanno Mazza. C'era troppo disordine su quel tavolo, come nella sua casa e nella sua stessa vita. In quel momento qualcuno bussò alla porta. Negli occhi le si accese una scintilla di speranza: Eccolo il nuovo incontro, si disse.

L'agente Massaro comparve sulla porta. «Buongiorno, dottoressa» la salutò rispettoso. Lei gli fece cenno di entrare. Quello ondeggiò fino al centro della stanza. Era davvero bello. Le spalle larghe, i fianchi stretti, un sedere tondo che, Giulia immaginava, doveva essere duro come il marmo. La testa solida circondata da capelli scuri e riccioluti, gli occhi di velluto nero, il volto scolpito nella pietra. «Sono stato alla direzione centrale della polizia criminale, ho trovato le impronte digitali che cercava. Un vero miracolo, dopo tanti anni.»

«Si accomodi, prego. Avevo incaricato l'agente Arena...»

Lui sorrise, i denti biancheggiarono come perle. Prese posto sulla sedia di fronte a lei: le gambe aperte, i muscoli forti si tesero dentro i pantaloni aderenti. «Siamo molto legati. Sa, questa è una sezione un po' particolare, e noi cerchiamo di far fronte comune.»

«Già, ho avuto modo di accorgermene.»

«Ho anche portato i cartellini all'Afis, l'archivio digitale delle impronte...»

«Conosco bene il sistema. In America lo consultavo con molta facilità. Qui immagino che una qualche lungaggine burocratica ci costringerà ad aspettare un bel po'.»

«In realtà c'ho fatto un tirocinio e mi sono rimasti degli amici. Entro la fine della giornata dovremmo avere i risultati. Come lei sa, l'archivio è uno dei più importanti del mondo e contiene oltre quattro milioni di dati.»

«Non vorrei smorzare il suo entusiasmo, ma sono sicura che non troveranno nulla. I cartellini segnaletici sono stati riversati in digitale a partire dagli anni Ottanta...»

«Ma pensiamo positivo!» la vocetta di Cuor contento echeggiò improvvisa nella stanza. Era arrivata in punta di piedi e sorrideva come suo solito. La odiava, Giulia, quell'espressione, e odiava il suo ottimismo, la virtù dei citrulli.

«Ma sì, pensiamo positivo» ripeté Massaro solidarizzando con l'amica. Poi facendosi serio aggiunse: «Comunque le impronte rilevate nei casi più importanti e di interesse nazionale sono state riversate tutte in digitale, anche quelle precedenti al 1980. Il rapinatore potrebbe fare parte di questa casistica. Oppure il nostro uomo è stato ribeccato più volte, ché chi delinque tende a rifarlo. Magari le impronte nuove coincidono con le nostre. Perciò ha ragione l'agente Arena, cerchiamo di essere ottimisti».

Giulia lo fissò storto e si rivolse alla collega: «Ha qualcosa da dirmi?».

Paola sventolò un foglio di appunti: «Ho fatto un po' di ricerche su Tano Genco, il capomafia dello Stradone. Era considerato il re delle estorsioni. Aveva messo su un esercito di carusi che correvano da un punto all'altro a riscuotere il pizzo, accumulando un discreto patrimonio, ma non si può dire che fosse milionario. Resisteva alle novità, tiranneggiando gli abitanti della borgata. Aiutava tutti, ma se qualcuno sgarrava, reagiva con ferocia. Era un uomo all'antica e, a modo suo, un moralista. Conduceva una vita modesta, non tollerava alcun tipo di devianza. Nel suo regno si viveva come in una comunità di mormoni. Niente droga – per questo motivo si mise contro la commissione provinciale – né prostitute. Odiava gli omosessuali. Non era un semplice mafioso, ma un santone e godeva dell'appoggio del parroco. Gli hanno sparato un colpo alla nuca mentre era seduto al bar, una esecuzione. Dopo la sua morte ci fu un periodo di guerriglia per la successione. Il figlio era considerato un incapace dallo stesso padre, che lo aveva tenuto fuori dagli affari di famiglia. Gli aveva preferito il genero, Ermanno Mazza. Grazie a lui, Genco aveva investito in libretti postali e in buoni fruttiferi i proventi delle estorsioni».

«Forse i soldi rimasti nella cassaforte appartenevano a Tano Genco» intervenne Massaro. «Per questo non li hanno toccati.»

«Tranne dieci milioni, quelli se li sono presi» considerò Giulia.

«Spiccioli» concluse Paola.

«Non so. Nel '77 erano soldi.»

«Per quanto ne so io, dai racconti di mio padre, una casa discreta, in un quartiere borghese, costava intorno ai sessanta milioni» aggiunse l'agente.

«Sa che le dico, Arena? Ecco un'altra ricerchina da fare: che sogni si potevano realizzare nel '77 con dieci milioni?» Giulia non solo l'aveva presa di mira, ma in quel momento sembrava rivaleggiare con lei, e faceva di tutto per ridicolizzarla.

«Secondo me non è nemmeno la riscossione di un credito, ma uno sfregio vero e proprio» intervenne Massaro.

«Se fosse così, Tano Genco deve aver fatto fuoco e fiamme dopo la rapina.»

«È probabile» aggiunse timidamente Paola.

«Se si è trattato di uno sfregio allo Strummato, ci saranno state morti, sparizioni, sparatine... Allora c'è un altro compitino per lei, Arena: controllare la cronaca nera dei giornali locali.»

Massaro a quel punto si alzò di scatto dalla sedia e, piantato a gambe larghe a pochi metri da Giulia, le parlò con tono serio: «Magari Paola sbaglia, ma lei, dottoressa, ha una ipotesi migliore?».

L'ispettrice lo guardò in tralice: «Io non vado dietro

a fantasie, cerco sempre di attenermi ai fatti. Apprezzo la sua creatività, ma lo stesso deve andare in emeroteca».

«Senta, ci si possono buttare settimane intere alla biblioteca regionale. Anche l'archivio dei quotidiani locali è ancora cartaceo. Sprecheremmo molto tempo. Se permette me ne occupo io. Posso chiedere a...»

«Un vero cavaliere! Davvero si vuole sacrificare?» lo interruppe Giulia.

«Ma no, lo faccio volentieri» si affrettò a rispondere lui. «Dottoressa, parliamoci chiaro. Questo è un caso impossibile da risolvere. Il capo gliel'ha affibbiato per metterla alla prova, l'abbiamo capito tutti, penso anche lei. Le ha affiancato l'agente più pacifica di tutta la Polizia di Stato. Non l'ha fatto per amore di collaborazione, ma perché quel sacco di veleno sa che la tranquillità di Paola può innervosire un temperamento vivace come il suo. Vuole farvi litigare e darvi la colpa del fallimento dell'indagine, per poi scrivere sulle vostre note personali che non siete capaci di fare squadra. Finirete a timbrare passaporti. Altro che investigatrici di prima linea! E poi si libererà di entrambe. Ora le domando, davvero vuole assecondarlo? Oppure ci mettiamo d'accordo tra di noi e gli facciamo mangiare un bel po' di merda?»

Mentre Massaro parlava Giulia si sentiva sempre più piccola.

«Propongo di deporre le armi» continuò lui. «Collaboriamo fino alla risoluzione del caso. Se c'è da far incazzare il dirigente io sono sempre pronto. E alla fine ognuno per la sua strada.»

Nella stanza calò il silenzio. Giulia sollevò lo sguardo.

«Va bene» acconsentì con un sospiro, il suo viso rivelava una conflittualità interiore.

«E adesso festeggiamo con un bel caffè» propose allegro l'agente.

«Ma cos'è questa fissa che hanno i palermitani per il caffè?» sbuffò Giulia.

«Deve sapere che il caffè per noi non è una semplice bevanda, ma un rito propiziatorio, una preghiera. Nei villaggi africani veniva preparato per invocare la protezione degli dei sui visitatori. A noi l'usanza arriva direttamente dagli arabi. Lei, a questo punto, se la sente di rinunciare a una benedizione?»

«No di certo. Ho contro persino tutti i pianeti» sorrise Giulia, cercando di essere meno antipatica. Era la carpocapsa a renderla sgradevole.

«A me sembra un'idea magnifica» intervenne Paola. «E tanto non abbiamo nulla da fare.»

«Io veramente pensavo di lavorare ancora un po'.»

«I risultati dell'Afis non arriveranno prima dell'ora di pranzo. Intanto di che vogliamo discutere, dottoressa? Di Tano Genco? Della piramide mafiosa? Della commissione provinciale? Su, un caffè rallegra i pensieri, sollecita la fantasia, attira la fortuna.»

«Ma...»

«Andiamo, dottoressa, vorrei mostrarle un posto nuovo, e fare in modo che lei si riconcili con questa città. Si dice in giro che la detesti.» Massaro la fissava con sguardo accattivante. Giulia prese la borsa e lo seguì.

8

A Palermo ogni cosa è antica, o vecchia o fatiscente; il molo trapezoidale invece era stato inaugurato da pochi mesi e, lucido lucido, si distingueva per la sua modernità. Appena varcato l'ingresso, Giulia ebbe l'impressione di entrare in un mondo nuovo. Costruzioni avveniristiche circondavano le mura dell'antico castello in un armonioso connubio tra passato e futuro. Tutto intorno, il mare. Tra viali, scale e passerelle brillava un laghetto. Una elegante fontana danzante puntava i lunghi getti verso la costa: un solenne omaggio all'anima araba della città più esotica del Mediterraneo. L'acqua dominava con il suo lieve ondeggiare. Giulia ebbe l'impressione di fluttuare in una sorta di liquido amniotico. Intorno a lei la gente sorrideva inebetita, sussurrava parole intercalate a buffi suoni infantili. Le immancabili palme puntavano al cielo.

Massaro si diresse verso un edificio quadrato, con enormi vetrate, una orientata verso Porta Felice, l'altra dritta al porto. Cercò un tavolo libero. Davanti a loro il mare era una passerella verso l'infinito.

«Cavolo! Ma come fate a produrre tanta bellezza e tanta bruttura al tempo stesso?» Giulia faceva riferimento alla sporcizia e al disordine che regnavano un po' ovunque.

«Nel caos sguazzano i geni, nell'ordine i mediocri» rispose lui, sfiorandole in modo casuale un braccio. Sarà stata la luce, il profumo della salsedine, lei provò un brivido, la peluria delle braccia si drizzò. Inforcò allora gli occhiali per schermarsi, ma il sole penetrava attraverso i vestiti e aveva raggiunto le pieghe più profonde dell'animo, esaltando desideri, fantasie.

«Prendiamoci il caffè e torniamo al lavoro» disse Giulia, sbrigativa.

«E no, dottoressa, questo è il luogo del presente, al dopo non ci si pensa. Ora, se vuole, può parlare di quello che le sta più a cuore, oppure rimanere in silenzio, riflettere, pregare. Io vado a cercare un cameriere.»

«Sono preoccupata, in ufficio non c'è nessuno, non vorrei che il capo cogliesse l'occasione per una reprimenda» ribadì lei trattenendolo per un braccio.

«Si goda questa meraviglia. Ho detto al piantone che siamo uscite per le indagini. Una bugia a fin di bene» intervenne Paola.

Massaro tornò dopo pochi minuti. «Guardate chi ho trovato.» Aveva accanto un uomo minuto dall'espressione mite. «Lui è Giuseppe, siamo stati compagni di scuola.»

«Gliel'ho detto che ha amici ovunque!» Paola era così orgogliosa, che per un attimo Giulia pensò che fosse innamorata di lui.

Il cameriere apparecchiò con delle magnifiche stoviglie d'argento, sembrava anche lui pacifico, come l'acqua del laghetto che, imbrigliata tra muretti, non risentiva delle correnti.

«Allora, dottoressa, ne valeva la pena?»

«Sì» rispose lei in un soffio. Quel luogo l'aveva conquistata. Paola le mise una mano sulla spalla, aveva l'abitudine di toccare l'interlocutore, come se volesse con quel gesto trovare una qualche forma di intimità: «Sa, dottoressa, io capisco la sua irritazione. Lei viene da un posto dove tutto sembra funzionare. La gente lavora, rispetta le file, butta le cartacce nei cestini, possiede posacenere da tasca. La vita procede secondo regole certe. Qui è tutta una improvvisazione. Noi ci siamo abituati, sappiamo come destreggiarci. Per lei deve essere stato un trauma» considerò Paola.

Il cameriere interruppe il loro filosofare. Posò sul tavolo delle tazze di porcellana sottile, il fondo panciuto, il bordo in rilievo. Quindi con un gesto ampolloso sollevò i coperchietti: «Si tratta di un caffè locale, coltivato alle porte di Palermo. Il proprietario del bar, un tipo strano a metà tra un industriale e un druido, per tutta la vita ha tostato chicchi provenienti da ogni parte del mondo. Un po' per scherzo, un po' per scommessa, ha piantato alcune varietà su un suo terreno. E quest'anno è arrivato il primo raccolto: pochi chili che riserviamo a ospiti speciali. Ne tostiamo ogni mattina qualche etto, il profumo si diffonde per tutto il porto; è il nostro buongiorno alla città».

«Chiuda gli occhi, dottoressa, assaggi, e mi dica cosa sente, il caffè è come il vino, deve individuarne le note» la invitò Massaro.

Sapeva di agrumi, disse Giulia, e profumava di zagara. Poi arrossì e tacque imbarazzata per le sensazioni che le attraversavano il corpo. Nel suo naso il sentore delle notti estive in riva al mare, sulla schiena la ruvidezza della sabbia, sulle gambe gli schizzi delle onde. Nel fondo della tazza c'era un giardino segreto, l'effluvio della bella di notte, il basilico, l'origano, l'afrore di un uomo. È questo il dramma della memoria olfattiva: è vivida e impietosa. Giulia spalancò gli occhi, le fantasie sparirono: «Forse è meglio tornare al lavoro» farfugliò.

La strada la fecero in silenzio, ognuno in compagnia dei propri pensieri. Alla Mobile nessuno in vista. Massaro controllò la posta, una mail dell'Afis con la risposta del collega. La maggior parte delle impronte appartenevano a sconosciuti. Quelle rilevate nell'ufficio del direttore si potevano ricondurre a un unico soggetto, tale Celeste Colacioppo, arrestato più volte negli anni Ottanta e Novanta per resistenza a pubblico ufficiale.

«Cerchiamo di scoprire dove abita e intanto domani andiamo dalla vedova» concluse Giulia.

9

Quella notte il verme era tornato a farsi vivo.

Giulia si era rigirata nel letto, ora su un fianco, ora sull'altro, ponendosi la medesima domanda: Chi è mia madre? Le somiglio?

All'alba era sprofondata in uno stato di semi-incoscienza, ma la larva aveva continuato a divorarla.

Un raggio di luce al mattino le accarezzò il viso, e Giulia si svegliò. Dalla strada veniva su un vocio disordinato. Il rumore nelle città del Sud non si placava mai, pensò lei nel dormiveglia. Era un continuo alternarsi di canti, pianti, sussurri, lamenti, sospiri, che accompagnavano le sue notti.

Giulia si sollevò sui gomiti, i suoi muscoli erano contratti e dolenti. Non poteva continuare a covare quel problema, si disse, quindi chiamò il padre; non lo sentiva da quando aveva messo piede a Palermo.

«Che succede, Lallina? Non stai bene?» rispose quello, la sua voce tradiva felicità e ansia al tempo stesso.

«No, papà, tutto bene. Ho solo bisogno del tuo aiuto.»

«Hai problemi di lavoro?»

«No… sì… anche…»

«Giulia, sono le sei del mattino!»

«Sì, lo so, papà. Ma ho pensato a quello che ci siamo detti. Hai tenuto il segreto per il mio bene, ma ora che so tutto, devi aiutarmi a trovare mia madre.»

«Tua madre è qui accanto a me» disse l'uomo facendosi serio serio. In sottofondo si sentiva una voce femminile che borbottava: «Te l'avevo detto io che non è adatta a fare la poliziotta. È fragile. E non doveva allontanarsi dalla famiglia. Ma tu l'hai raccomandata e le hai trovato posto a Palermo Non c'è peggior sordo di chi non vuol sentire».

«Ecco, la senti? La conosci benissimo, tua madre, e ce l'ha con me perché ti do ascolto. Ora fammi il favore, rimettiti a dormire e ci sentiamo più tardi.»

«No, papà, dico sul serio. Voglio specchiarmi nel volto della mia vera madre. Desidero sapere a chi somiglio, perché mi piacciono certe canzoni e certe altre no, perché ho paura dell'acqua e odio il peperoncino.»

«Lallina, io ti capisco, sai?» continuò il padre con voce suadente. «Dipendesse da me… Ma dove la trovo?»

«Ci sarà al tribunale dei minori un fascicolo che mi riguarda, basta chiederlo.»

«Non si può. La legge è chiara e garantisce il diritto del figlio a sapere, anche se solo in particolari circostanze e con l'autorizzazione del tribunale; e il diritto della madre di essere dimenticata.»

«Dai, sei il questore di Milano, il presidente del tribunale dei minori è tuo amico. Se glielo chiedessi ti porterebbe i documenti lui stesso.»

«Come ti viene in mente?» domandò lui con voce addolorata. «Lo sai che ti voglio bene, ma non posso proprio.»

«Se tu mi volessi bene, mi diresti di sì» piagnucolò lei.

«Lallina, io non ho mai saputo dirti di no. Ti ho persino aiutata a lasciare Milano contro la mia volontà. Tua madre ce l'ha con me da allora. Non posso infrangere la legge e mi stupisce che tu me lo chieda. Rischierei il posto di lavoro se lo facessi. E a te non importa di tradire il giuramento che hai fatto entrando in polizia?»

Giulia si soffiò rumorosamente il naso, lui si intenerì.

«Bella di papà, dammi retta. Per oggi salta il lavoro, vai a comprarti un vestito, te lo regalo io. Ce ne sono di negozi eleganti a Palermo?»

«Dai, papà, una borsa e tutto si aggiusta? Non sono più una ragazzina che metti a tacere con un pacchetto di caramelle.»

«Giulia, ragiona. Quanti bambini abbandonati finiscono in strada? Perciò ringrazia Dio che ti è andata bene e fattene una ragione.»

Lei dapprima lo blandì, poi urlò, minacciò di non volerlo più incontrare, ma il padre fu irremovibile. Si salutarono con un freddo «ciao, ci sentiamo».

Giulia rimase a letto, il verme le procurava quasi un dolore fisico. Infine prese un'aspirina e decise di fare qualcosa per occupare la mente.

Aprì un paio di scatoloni, cercava un vestito allegro e colorato per contrastare il suo umore nero. Trovò solo completi grigi. Infine si accontentò di una camiciola azzurra, un golfino della stessa tonalità, un paio di pantaloni blu e delle scarpe da ginnastica intonate, erano i capi più colorati che possedeva. Si specchiò, fece una smorfia di insoddisfazione, sembrava una povera orfanella. Si ripromise di andare per negozi nel pomeriggio. Suo padre aveva ragione: indossare un bel vestito funzionava sempre.

Il telefono squillò, facendola sobbalzare. Era l'agente Arena: «Dottoressa, sto arrivando».

Giulia si era dimenticata della visita alla vedova Mazza. Afferrò la borsa e scese in piazzetta. L'aria era pulita, una brezza s'era levata nella notte portando il profumo fresco del mare. Sembrava che un gigantesco diffusore quella mattina spandesse le sue fragranze sull'intera città.

Paola arrivò al volante della sua Panda, guidava con il braccio fuori dal finestrino e aveva un'espressione tirata. Salutò appena, i suoi occhi erano sfuggenti. «Oggi cambiamo strada» annunciò e si trincerò dietro un muro di silenzio.

Meglio, pensò Giulia e indossò un paio di occhialoni neri. Erano entrambe mute, il tono dell'umore cupo. Ma appena dentro il parco della Favorita, una giungla fitta di alberi e cespugli, Paola tornò alle consuete abitudini, e cominciò a parlare facendo una lista di tutte le piccole cose che migliorano la vita degli esseri umani: la torta setteveli a colazione, il gelo di mellone d'estate, le arance di vaniglia d'inverno, il mare in tempesta, la luce rosata dell'alba, il tramonto rosso delle saline, il bagno a mare di notte immersa nella scia argentea della luna.

Tra gli alberi ogni tanto si aprivano delle radure di terra rossa; la luce colava dall'alto in pozze chiare. Anche Giulia, a contatto con la natura, si era leggermente addolcita e guardava alla Arena con una certa comprensione. Deve essere una brava donna, considerava, ma ha sbagliato mestiere. Una poliziotta ha l'obbligo di essere sospettosa, di pensare male di tutti. E invece quella sembrava la sorella maggiore di Pollyanna.

«Com'è elegante» si complimentò in quel momento Paola, indicando la camiciola azzurra dell'altra. A Milano, conciata in quel modo, non le avrebbero fatto varcare la soglia di un infimo commissariato di periferia, pensò Giulia. Ma invece di rispondere risentita, ché odiava ogni forma di adulazione, si sforzò di essere gentile, e poi il giorno precedente aveva sottoscritto un patto di non belligeranza.

«Allora, dove mi porta oggi la mia guida turistica preferita? A proposito, mi chiamo Giulia. Se dobbiamo collaborare è meglio darci del tu.»

«Villaggio Ruffini, e io sono Paola.»

10

La vedova Mazza abitava in un complesso di edilizia popolare costruito per volontà del cardinale Ruffini, famoso per aver affermato che «la mafia non esiste». Le casette a schiera, addossate le une alle altre, erano figlie di una carità pelosa. In questo modo la Chiesa andava incontro ai bisogni delle vittime della Seconda guerra e al tempo stesso ficcava il naso nei soldi della ricostruzione.

Rispetto agli alti palazzi del sacco, il villaggio presentava delle caratteristiche più umane. Indovate tra le montagne della Conca d'Oro, le villette si articolavano attorno a una grande parrocchia e avevano un aspetto ridente. Certo, le facciate risentivano dell'insulto degli agenti atmosferici e mostravano profonde crepe nell'intonaco. In compenso gli inquilini avevano dato libero sfogo alla fantasia, attingendo senza riserve a tutte le sfumature Pantone dei colori. Nel sole velato del mattino il rosa pallido sconfinava nel giallo limone, s'impennava in un verde salvia, precipitava nel blu cobalto o nel grigio perla. Alcuni prospetti erano stati ristrutturati di recente grazie alle sovvenzioni statali postpandemia e dipinti di un bianco banale. Il moderno non si sforza di creare, né si abbandona all'invenzione, attinge al passato, agisce per sottrazione e ripropone senza guizzi, considerò Giulia.

Ogni palazzina era circondata da un giardinetto. Dai rami le foglie pendevano mestamente verso il basso a causa della prolungata siccità. Erbacce alte e disordinate coprivano i marciapiedi, le radici degli alberi sollevavano l'asfalto. Gli immancabili cassonetti della spazzatura punteggiavano i muretti di confine e come ostriche andate a male mostravano il loro contenuto maleodorante.

Le due poliziotte lasciarono la macchina e proseguirono a piedi. Camminavano ben distanziate. Di tanto in tanto una buca, o qualche irregolarità della strada, le costringeva ad avvicinarsi, i loro corpi si sfioravano. Paola si scusava con un sorriso, Giulia si scansava imbarazzata.

Costeggiarono il muro di cinta di Villa Magnisi. Dall'altra parte si intravedeva un giardino ben curato, una piscina e un prato smeraldino.

«Che lusso!» esclamò Giulia.

«Uno dei pochi edifici antichi recuperati di cui le ho parlato.»

Paola affondò le mani nelle tasche, tirò fuori una manciata di petali secchi, emanavano un intenso profumo, e li offrì a Giulia: «Ho parecchi vasi di fresie sul terrazzo. Mi piacciono le piante, sono indifese e sensibili. Non parlano, non chiedono, non protestano. Si affidano alle cure dell'uomo, muoiono senza lamenti».

Mamma mia, com'era malinconica Cuor contento, quasi non la riconosceva, pensò Giulia. Dov'era finito il pensiero positivo?

«Che ti succede oggi? Ti va di parlare?» le chiese in uno slancio di comprensione.

«Niente di particolare» rispose Paola laconica.

«Si tratta di problemi di cuore? Hai un compagno?»

«No… sì… non lo so.»

«In una relazione complicata, come sui social?» Giulia cercò di scherzare.

«Diciamo così. E tu?»

«No, io sono sola.»

«Sola sola? Neanche un pesce rosso, neanche un cucciolo?»

«Nessuno. Mi piacciono i cani, ma non abbastanza da tenerne uno, perderei la libertà.»

Era la prima volta che le due poliziotte sfioravano argomenti personali.

«Capisco. L'amore ha molte forme, e tutte altrettanto limitanti. Comunque i poliziotti sono i migliori fidanzati, se per caso avessi qualche tentazione» le consigliò Paola.

«Perché, cos'hanno di speciale?»

«Sono protettivi e sollevano dai problemi. Ti permettono di vivere come una pianta fiorita: con fiducia e senza responsabilità.»

«Come le tue fresie» rise Giulia, e aggiunse: «Sì, anche a me alcuni sono sembrati interessanti, ma per un altro motivo. Sono istintivi e animaleschi, e l'eros è qualcosa che nasce dal basso». Il suo pensiero andò a Massaro, al suo corpo muscoloso, ai suoi occhi di pece.

Arrivate alla rotonda, il villaggio diventò un labirinto di strade senza nome. Il navigatore le condusse dentro cortili chiusi e più volte furono costrette a tornare indietro. Chiesero informazioni a un passante che le accompagnò fino a una villetta dalla facciata arancio brillante, adornata da una buganvillea. Sul tetto torreggiavano i serbatoi dell'acqua di un colore blu intenso. I balconi erano imbracati in una rete di sicurezza, e affollati di panni stesi ad asciugare, di motori dell'aria condizionata, caldaie malmesse. Una montagna brulla come il deserto messicano chiudeva l'orizzonte.

«Sono qua, salite.» Le urla provenivano da una finestra all'ultimo piano.

«La signora Mazza ci aspetta?» chiese Giulia alla collega.

«L'ho chiamata per assicurarmi che fosse in casa, le ho spiegato che ero una poliziotta e che avevo bisogno di informazioni. Mi aspettavo un rifiuto, non immaginavo certo di suscitare tanta trepidazione.»

L'androne era rivestito di piastrelle dozzinali che mandavano un puzzo acre di candeggina. La luce filtrava dall'alto attraverso un lucernaio polveroso.

«Venite, venite, sono qua, al quarto piano. Ma quanto ci mettete?» urlava la vedova. Paola e Giulia fecero i gradini a due a due, nella tromba delle scale si sentiva profumo di ragù e cipolla.

«Buongiorno, siamo…»

«Che importa chi siete» le interruppe la donna. «L'importante è che siate qui. Non vedevo l'ora che arrivaste. Aspettavo una persona, siete due, meglio.» Quindi fece loro cenno di entrare, il viso radioso di felicità.

Avrebbe dovuto avere più o meno settantatré anni, non era vecchia, semmai precocemente invecchiata. I capelli radi lasciavano scoperte ampie zone di una cute giallina e untuosa. Quella testa non vedeva un parrucchiere da anni, e forse nemmeno uno shampoo, a giudicare dal sentore di stantio che spandeva attorno a sé. Il collo lungo, piegato da un lato, era sormontato da una testa schiacciata ai lati che pareva un'oliva. Di bassa statura, l'addome sporgente, sotto un seno piatto, indossava un vestito sformato, dal quale spuntavano due ginocchia rinsecchite; i gambaletti erano arricciati in grossolane pieghe attorno alle caviglie. Rubinia Mazza aveva perso ogni sghiribizzo di femminilità.

«Venite, venite. Ci sediamo in veranda?» La veranda a Palermo è un balcone chiuso abusivamente da vetri incastonati in un telaio di alluminio zincato, un modo per recuperare cubatura. In quello spazio le famiglie si riuniscono per i riti conviviali, evitando di sporcare il salotto buono, che di solito sopravvive all'alternarsi delle generazioni. Quella di Rubinia aveva anche delle tendine a fiori e dei mobili in stile tirolese. «Accomodatevi, preparo il caffè, così dopo parliamo.»

«Non si disturbi, signora, lo abbiamo già preso» rispose Paola.

«Ah, non sia mai. Lo preparo ancora con la napoletana, proprio come piaceva al mio povero marito.»

«Ma certo, non vedo l'ora di provarlo» si affrettò a replicare Giulia, oramai rassegnata a subire l'irrinunciabile rito di benvenuta. «Mi siedo qui, il divano sembra molto comodo» aggiunse, e sprofondò nella plastica che avvolgeva i cuscini, uno sciabordio si levò dalla sua schiena. Fece cenno a Paola di star zitta e lasciar condurre a lei la conversazione.

La vedova si allontanò a passetti veloci, Paola la seguì con l'intenzione di aiutarla.

Rimasta sola, Giulia si guardò intorno. Le case raccontano molto dei loro proprietari e quella di Rubinia Mazza era densa di oggetti, chissà che storia custodiva ognuno di essi.

Il cuore pulsante della casa era stato quel tinello. C'era una disordinata collezione di bomboniere d'argento, numerosi portaritratti vuoti, centrini all'uncinetto disposti a casaccio, scatoloni abbandonati in giro. L'abitazione doveva essere stata una sorta di tempio, ma ora sembrava in abbandono. Giulia la paragonò alla propria, erano entrambe molto disordinate. Ma una rappresentava un progetto concluso, l'altra un sogno in divenire.

Dalla cucina provenivano risolini ed esclamazioni di meraviglia. Se la intendono quelle due, pensò Giulia. Invidiava la spontaneità di Paola, che entrava subito in relazione con gli altri. Lei invece aveva dovuto lavorare molto su se stessa per conquistare l'empatia di cui necessita una brava poliziotta. Tra le due colleghe funzionava come in un gioco di specchi. Ognuna rifletteva l'immagine dell'altra, ma al contrario.

Rubinia e Paola tornarono dopo poco. «Allora, signora, vogliamo parlare un po'?» chiese Giulia.

«Mi lasci prima servire il caffè, altrimenti mi distraggo. Non vorrei perdermi neanche una parola della nostra conversazione. È tanto che aspetto di parlare con qualcuno.»

Le due poliziotte erano sorprese dell'accoglienza quasi affettuosa. Sorseggiarono la bevanda scura, leggermente acquosa e si sperticarono in complimenti.

«È suo marito?» chiese Giulia indicando la foto di un uomo. La donna annuì e cominciò ad accarezzare il volto con un dito.

«Gli voleva bene?»

«Era tutto per me. Non avevamo figli, ma facevamo famiglia. Dedicavo tante cure alla casa per far piacere a lui. Ne è passato di tempo...» Rubinia si azzittì come persa dietro ai ricordi. Poi fulminea tolse la foto dalla cornice e la gettò nella spazzatura. «Era rimasta solo quella, ora via, con le altre.»

«Ma perché?» chiese Giulia recuperando il ritratto di nascosto.

«Sono vecchia, meglio viaggiare con un bagaglio leggero.»

Giulia posò la foto sul tavolo, la vedova trasalì.

«Aspetti ancora un po' prima di buttarla» disse l'ispettrice. «Magari più tardi si pente e vorrebbe riaverla con sé.»

La vedova allora si alzò di scatto e fece il gesto di congedarla, aveva negli occhi uno sguardo carico di sospetto.

«L'ho offesa in qualche modo?» domandò Giulia. «Se è così mi scuso dal profondo del cuore.»

«Non è che per caso siete testimoni di Geova?» replicò Rubinia Mazza.

«Ma no, signora, cosa va a pensare? Io non sono nemmeno religiosa» la rassicurò Giulia.

«Meno male. Quelli parlano, parlano e non ti stanno mai a sentire. Io invece ho tanto bisogno di raccontarmi, i segreti che ti porti nella tomba appesantiscono l'anima e le impediscono di volare in cielo.»

«Signora, io non vedo l'ora di ascoltarla, specie dopo un caffè buono come il suo.»

Rubinia si grattò la testa con un'espressione allocchita. Si sedette sulla poltrona, stirò le pieghe della gonna, infilò le mani in tasca e fissò le due poliziotte in silenzio. Ci sarebbe voluto del tempo per ottenere informazioni che avessero attinenza con il caso, pensava Giulia, la vedova come tutti i vecchi sembrava un unico groviglio di fatti, pensieri, emozioni. Doveva ripartire dagli oggetti, quelli contengono un principio di realtà. Andò allora vicino alla vetrinetta: «Quante cose belle ci sono. E questi centrini! Sa che anche mia madre lavora all'uncinetto? Ma questi sono così sofisticati... Posso scattare una foto? Sono sicura che quando la vedrà, vorrà conoscere l'artefice di queste meraviglie».

Rubinia si rianimò: «Ecco, mi piacerebbe molto incontrarla, magari potremmo diventare amiche. Non ne ho mai avuta una. Ma dovete fare in fretta, nei prossimi giorni mi trasferiscono in una residenza per anziani. Credo sia stato mio fratello a chiamare i servizi sociali. Finge che mi è affezionato, ma mira alla casa». Quindi sollevò il coperchio di una scatola misteriosa: «Questa è la mia collezione di presine. Non sono dei capolavori?».

«Oh, sono senza parole. Ma che bellezza!» cinguettò Giulia.

«Le prenda.»

«Ma no, signora, non se ne privi.»

«Mi fa piacere farle un regalo, magari recupera il sorriso. E d'altra parte non potrò portarle con me e non vorrei nemmeno che finissero a mia cognata, lei odia tutto quello che faccio io.»

Le parole uscivano dalla sua bocca con la violenza dello champagne agitato da un inesperto. Movimenti ripetitivi del capo sottolineavano ogni pausa. La mano destra accavallava le dita della sinistra, poi Rubinia sollevava il braccio a mezz'aria, lo scuoteva violentemente e scioglieva quell'intreccio.

Tutti segnali di controllo dell'ansia, pensò Giulia; ha bisogno di confidarsi e parlerà senza filtri. Riprese la conversazione, facendo un dotto distinguo tra il punto basso e il punto pavone.

«Per essere così giovane se ne intende. Le donne moderne comprano tutto già bello e fatto.»

«Mi ha insegnato mia nonna» rispose Giulia, e aveva nella voce una nota genuina di nostalgia.

«Ma perché una ragazza bella come lei ha degli occhi così tristi?» chiese Rubinia prendendole la mano.

«Non mi sento triste. Lei pensa che dovrei esserlo?» rispose l'ispettrice. Il dialogo funzionava come una partita a tennis, lei rilanciava la palla dall'altro lato e la vedova rispondeva con la prima cosa che le veniva in mente.

«Sì. La giovinezza è stata il periodo più difficile della mia vita. Non ero libera di parlare, ero in prigione» sospirò, gli occhi soffusi di dolcezza.

«Possiamo parlare di suo marito? Stiamo indagando sulla sua morte.»

«Ma certo!» rispose Rubinia con entusiasmo.

«Signora, ha capito bene che siamo poliziotte» l'avvertì allora Paola.

«Sì, ho capito. Meglio. Gli sbirri ascoltano con attenzione, è un piacere conversare con loro. Volete interrogarmi?

Io sarei felice di rispondervi. Sarebbe un bel modo di ricordare molti fatti della mia vita. Sapete, a una certa età la memoria ti aiuta solo con i sentimenti. Amore, tenerezza, ammirazione, fiducia le ricordo con chiarezza, quello che mi sfugge è come le manifestavo.»

«Era un bell'uomo?» chiese Giulia tornando alla foto recuperata dalla spazzatura.

«Bello ed elegante! Venite con me.» Rubinia corse in camera da letto. Alternava una eccessiva lentezza a scoppi di improvvisa energia. Si fermò davanti all'armadio. «Chi è quella?» chiese indicando la sua immagine riflessa allo specchio. Ma subito distolse lo sguardo, aprì l'anta e indicò una serie di abiti da uomo, di giacche, camicie di seta, e una quantità di cravatte da far invidia a un presidente del Consiglio. «Un damerino, sempre vestito di tutto punto. Pensi che non aveva abiti da casa. E usava un profumo... Quando usciva al mattino lasciava una scia sulle scale che neanche il puzzo di fritto riusciva a coprire. Mi sembra di sentirlo ancora.»

«Come vi siete conosciuti?»

«Il nostro fu un matrimonio combinato. Mio padre era il boss della borgata, e io ero piena di corteggiatori. Lui li respingeva tutti, sapeva che miravano ai miei soldi. Sembravo destinata a morire zitella come le sue sorelle che vivevano con noi; invece una mattina la mamma mi disse: "Vestiti elegante ma con modestia". Io ubbidii, non si discutevano gli ordini dei genitori. Mi portarono nel salone, dove trovai Ermanno. Era il bello del quartiere. Io uscivo poco, ma l'avevo notato, passava spesso sotto la mia finestra. Aveva certi occhi azzurri e un ciuffo che scendeva sulla fronte, labbra carnose, denti dritti e mani grandi. Vicino a lui io ero insignificante, con i miei capellucci sottili, cotonati sulla sommità del capo per farli star su e le minne, gonfie come panettoni, che erano la mia croce.»

«E dove le ha lasciate?» chiese Giulia puntandole il dito contro il petto.

«A forza di tenerle fasciate, ecco, si sono appiattite.»

«Ma come, le donne spendono migliaia di euro per ingrandirsi il seno, e lei se lo piallava?»

«Erano altri tempi, altra educazione. Le zie signorine hanno cominciato a bendarmi il seno fin da bambina: "Nascondile!" mi ordinavano. "Ché i maschi perdono la ragione se le vedono e dopo non sai che ti fanno". Io non capivo, ma qualcosa di minaccioso agitava i loro occhi ogni volta che parlavano di uomini. Mia mamma ci mise il carico da undici e appena diventai una signorinella cominciò a riprendermi di continuo: "Svergognata, allungati la gonna. Le donne poco serie fanno una brutta fine. Attenta, i masculi sono diavoli!". Perciò quella mattina in cui incontrai Ermanno per la prima volta mi fasciai più stretta del solito. Tanto tirai che mi mancò il respiro e persi i sensi. Lui mi afferrò prima che cadessi a terra. Ricordo le sue braccia e il turbamento che la sua vicinanza mi procurò. Mi innamorai subito, senza sapere nulla di lui. Nei giorni successivi ci trovavamo alla sera; non eravamo mai soli, però potevamo parlare. Ermanno mi raccontò della sua difficile vita. Era rimasto orfano da piccolo. Aveva un unico desiderio, trovare una famiglia. La mia era piuttosto una famigghia, ma lui sembrava non capire la differenza. Dopo poco ci sposammo.» Rubinia sospirò, nei suoi occhi i ricordi passavano con la velocità delle nuvole spinte dal vento.

«Deve essere stato bello trovarsi la notte tra le sue braccia, baciarlo. Che eccitazione!» Giulia pensava con quel riferimento alla passione di sollecitare la sua confidenza. Al contrario il viso della vedova si contrasse in una smorfia di dolore.

«Che è, signora? Non ha detto che è stato un matrimonio felice?».

«Felicissimo! Mai un litigio, una discussione, un battibecco. Ma io avevo dei problemi.»

«Di che tipo?»

Rubinia arrossì, si coprì il volto con le mani: «Mi vergogno» sussurrò.

«Di cosa? Alle amiche si può dire tutto» la blandì Giulia.

Paola cominciava a sentirsi a disagio, quella donna era così ingenua. Le pareva di violare i suoi segreti, di approfittarsi di una bambina.

«Non abbiamo avuto figli» disse Rubinia con un soffio di voce. «La colpa fu mia. Mia madre mi aveva tenuto segreto quello che sarebbe avvenuto la prima notte di nozze. Sconoscevo il sesso, e quello che Ermanno cercò di farmi mi sembrò aberrante. Urlai, mi ritrassi. Lui provò a spiegarmi, ma era imbarazzato, faceva fatica a chiamare le cose con il loro vero nome. Anche Ermanno era inesperto. Parlammo a lungo e la notte in cui tornò alla carica, mentre affondava io provai un dolore tremendo. Sgusciai da sotto il suo corpo rifugiandomi contro la testata del letto. Risalivo controcorrente come i salmoni. Alla fine Ermanno si arrese. Mi disse che capiva come mi sentivo:

“Quando sarai pronta me lo farai sapere”. Io non fui mai pronta, e dopo un po’ smettemmo di parlarne. A mio marito non sembrava importasse molto. Mi diceva che quella cosa lì era sopravvalutata. Era così caro.»

«Non avete pensato di consultare un medico?» chiese Giulia. Cominciava a provare verso quella donna una sorta di *pietas* e si chiese fino a che punto fosse giusto spingersi con le domande.

«Vuole scherzare? Mio padre sarebbe venuto a conoscenza del problema, avrebbe dato la colpa a Ermanno e, accusandolo di essere un mezzo uomo, avrebbe potuto cacciarlo, o peggio farlo fuori. Cosa crede, erano gli anni Settanta! A un certo punto sono nati i figli di mio fratello, la famigghia era salva, ma oramai non ci importava più. Comunque Ermanno non voleva bambini: “Se ci succede qualcosa? No, un orfano in famiglia è già abbastanza” diceva. L’intimità sfociò in tenerezza. Sembravamo fratello e sorella, ma non creda, lui mi rispettava come una moglie. Poi quella maledetta rapina! Ah, ma come è potuto succedere? E nel feudo di don Tano Genco? Non me ne faccio ancora una ragione. L’unica volta che essere la figlia di un capomafia poteva rappresentare un vantaggio, invece… Il grande capo non è riuscito a proteggere mio marito, anche se per lui l’uccisione di Ermanno fu un problema.»

«Gli voleva bene?»

«Non credo, mio padre amava solo i soldi. Sapeva a malapena far di conto, mentre Ermanno aveva un sesto senso per gli affari.»

«Certo deve essere stata davvero infelice. Ma perché non si è mai ribellata?»

«Lei non sa quel che dice. Io ne avevo una tale paura... Pensi che questa è la casa di famiglia e io sono tornata a vivere qua dopo essere rimasta vedova. Ho portato le mie cose, le ho sistemate come piacevano a me, ma mi pareva di non esistere più. Io, Rubinia Mazza, ero il nulla. Solo il giorno del funerale di Ermanno ho trovato la forza di insultare mio padre, ero così furiosa!»

«E cosa ha fatto?»

«Dopo la cerimonia, mentre tutti stavano qui a mangiare, io l'ho afferrato per le spalle e ho cominciato a urlargli: "Assassino, assassino, me l'hai ammazzato!". Lui afferrò le mie braccia e mi portò in un'altra stanza.»

«Vuole dire che può essere stato suo padre a commissionare l'omicidio?» chiese Paola, infilandosi all'improvviso nella conversazione.

«No, non ne avrebbe tratto vantaggio. Anzi ne ebbe un notevole danno. Il suo patrimonio in poco tempo cominciò ad assottigliarsi. Io però ero accecata dal dolore, avevo bisogno di prendermela con qualcuno. E mentre lo insultavo e lo incolpavo della mia infelicità, lui serio serio mi rispose: "Mi consideri proprio uno zaurdo. Credi che se avessi voluto levarmi di mezzo tuo marito lo avrei fatto in questo modo? Io agisco senza clamore. La coltellata non è nel mio stile! Tutto quel sangue. Io Ermanno l'avrei fatto sparire diversamente, con eleganza e riservatezza. E poi perché avrei dovuto ammazzarlo? Ti trattava male?". Aveva una faccia di tolla, ma mi sembrò sincero. "E allora cerca di trovare il suo assassino" gli dissi "e puniscilo." Lui mi assicurò che la morte di Ermanno sarebbe stata vendicata. Ma così non fu. E una cosa non mi dà pace ancora adesso: perché il re dello Stradone non è riuscito a trovare l'assassino di suo genero?»

«Suo marito aveva qualche nemico?»

«Macché, Ermanno era così buono. E aiutava tutti. Poveri, artigiani, professionisti, prostitute, persino quelle *signorine lì.*» Rubinia ammiccò.

«Chi sono quelle signorine? Amiche di suo marito?»

«In un certo senso.» Rubinia sorrideva maliziosa.

«Erano prostitute?»

La vedova si avvicinò all'orecchio di Giulia e sussurrò: «Garrusi. Non ne ha mai sentito parlare? Ermanno mi ha raccontato che erano donne che avevano lo stesso coso degli uomini. Riesce a crederci? Donne più femmine di me, di lei, con un serpente tra le gambe. Non riuscivo a crederci». Rubinia fece una risatina imbarazzata; si alzò dalla poltrona e frugò dentro a un armadio. Tirò fuori un vecchio portafogli con delle foto. Una del matrimonio, una del padre dallo sguardo feroce, una di una ragazza dal caschetto biondo, gli occhi sgranati, il broncio di una bambina.

«Chi è?» chiese Giulia.

«Non lo so. L'ho trovata tra le cose di Ermanno. Ho pensato che fosse una parente, ma lui ha sempre detto di essere solo al mondo. Poi mi è venuto in mente che potesse essere una di quelle signorine.»

Giulia osservò per qualche minuto il ritratto della ragazza dalla bellezza ancora in boccio. Tornò poi a Rubinia, aveva ancora delle curiosità, ma la donna era passata ad altro. Continuava a sciorinare panni e discettava di punto pieno e punto erba. Fu impossibile ricondurla a una conversazione normale. Sembrava che un pensiero fosse comparso a turbare la sua tranquillità e che lei lo respingesse ai margini della coscienza, parlando di ricamo: «Guardi che bello. Era delle mie zie».

Giulia mise la foto in tasca. Poi le due poliziotte salutarono e si avviarono alla macchina. Rubinia le rincorse per le scale, avevano dimenticato di portar via la scatola con le presine.

11

Gli agenti Arena e Massaro si trovarono come di consueto al bar per la colazione del mattino. «In ufficio tira una brutta aria» disse Paola.

«Sono arrivati i funzionari dell'ufficio ispettivo» replicò l'altro con un sorriso di trionfo. «Questa mattina alla Mobile, prima che tu arrivassi, stavano tutti rinchiusi nella stanza del capo. Confesso che mi sono avvicinato alla porta per origliare.»

«E...»

«E niente. Filtrava un parlottio concitato, sussurri e improvvise impennate della voce. Ma non ho capito di cosa stessero parlando, anche se posso immaginarlo.»

«Fosse la volta buona che lo levano di mezzo e tu riprendi quota.»

«La mano di Dio è potente» rispose lui. In quel momento si accorsero di Giulia. Camminava al centro della strada, diretta alla Mobile. La gonna stretta le bloccava il passo, e la sua andatura era sinuosa come fosse una sirena. I due la osservarono con attenzione: «È sempre così elegante. Ha un grande stile!» esclamò Paola.

Giulia intanto si era avvicinata. «Disturbo?» chiese con espressione accattivante.

«Buongiorno dottoressa, hai sentito la novità?» la salutò Paola.

«Abbiamo l'assassino di Mazza?» chiese lei di rimando.

«Meglio. Pare che siano arrivati i funzionari dell'ufficio ispettivo, indagano sul nostro capo.»

«Questa è una buona notizia. Volesse il cielo che ce ne liberiamo e cominciamo a lavorare sul serio. Però adesso parliamo di questa.» Giulia sventolò la foto della ragazza misteriosa.

«Chi è?» chiese Massaro.

«Non lo so. Ce l'ha data la vedova, era tra le cose del marito.» Giulia raccontò quello che avevano sentito dalla vecchia matta.

«A me è sembrata molto consapevole» la corresse Paola. «Sì, la sua memoria è ferma ai giorni felici, quelli trascorsi con il marito, ma in fondo ha confermato la mia idea: il Mazza deve averlo ucciso il suocero simulando poi la rapina.»

«Scusa, Paola, ma perché? Che ti ha detto che tu già non sapessi?» la incalzò Giulia.

«Ha aggiunto qualcosa in più su un eventuale movente passionale. Sappiamo con certezza adesso che Tano Genco odiava travestiti e omosessuali, al punto da far loro del male. Rubinia ci ha detto che il marito non solo gli era amico, ma li aiutava persino a far fruttare i loro soldi. Forse aveva una relazione omosessuale. Rubinia inoltre ci ha rivelato che loro due non avevano rapporti intimi. Tano Genco deve aver fatto due più due e, secondo il suo codice personale, lo ha fatto giustiziare.»

«Io credo che il boss avesse altro a cui pensare in quel periodo che ai garrusi dello Stradone. Era in corso una guerra di mafia. Ho spulciato tra le cronache dell'epoca» intervenne Massaro. «L'uccisione del colonnello dei carabinieri Giuseppe Russo il 20 agosto 1977 diede inizio a numerosi arresti tra i mafiosi della Piana dei Colli. Nei mesi successivi si verificarono una serie di omicidi tra le cosche rivali.»

«Sì, penso anch'io» convenne Giulia. «Secondo me il segreto della morte di Ermanno Mazza si nasconde in quei dieci milioni che mancavano all'appello. Cosa si poteva comprare con quella cifra nel 1977? Ne avevamo già parlato, ma ancora non avete risposto alla mia domanda.»

«Mi sono documentato: ci compravi una casa in periferia, un negozio nel centro storico. Una Fiat Cinquecento costava seicentomila lire, un viaggio per una coppia negli Stati Uniti lo si poteva fare con meno di dieci milioni, lo stipendio medio era di duecentomila lire, una camicia di buona fattura trenta-quarantamila. Il corredo di un carabiniere: camicie, cappelli, due divise di ordinanza circa sei milioni. Insomma non erano tanti, dieci milioni, ma si poteva realizzare un sogno…»

«Che tipo di sogno ha un rapinatore che sceglie di rubare nel quartiere di Tano Genco? E perché potendo rubare un sacco di soldi porta via solo dieci milioni?» continuava a domandarsi Giulia.

«Noi cerchiamo un criminale e invece poteva essere un brav'uomo che doveva saldare un debito. Magari un padre con un figlio ammalato? Che fosse la parcella di un chirurgo senza umanità?»

«E sarei io quella che va dietro a fantasie romantiche» borbottò Paola. Massaro si sorprese del suo sfogo. Non aveva mai sentito quella nota di insofferenza nella sua voce.

«Ho trovato il referto dell'autopsia, la chiave dell'ufficio postale – se aveste voglia di fare un sopralluogo – e l'indirizzo di Adele Cassise, l'impiegata che ha trovato il cadavere. Quanto al postino, è deceduto qualche anno fa, ho il certificato di morte» aggiunse quindi l'agente Massaro.

«Una sorpresa dietro l'altra» ironizzò Giulia. «Bene, mi faccia leggere.»

Il referto dell'autopsia non aggiungeva nulla di nuovo. Ermanno Mazza era morto per un unico colpo inferto con violenza dal basso verso l'alto. I due, secondo l'inclinazione della ferita, dovevano essere di fronte. L'assassino lo aveva colto di sorpresa. Mazza di sicuro non si aspettava un atto di violenza. Non era morto subito, era davvero incomprensibile che non avesse accennato alcuna reazione. Sul suo corpo non c'era neanche un livido. Le sue mani erano perfette. Sotto le unghie erano stati rinvenuti dei fili colorati. «Mandiamoli alla Scientifica. Ci pensa lei, vero, Massaro? Magari chiede un favore a un suo amico. Che strano...» Giulia si fermò a pensare.

«Cosa?»

«Guardate questa foto. La camicia che indossava la vittima era aperta sul torace e fuori dai pantaloni. La moglie ci ha detto che era sempre vestito di tutto punto. Un uomo così formale non corre il rischio di farsi trovare dai suoi impiegati con gli abiti in disordine. Insomma riepilogando: Ermanno Mazza conosceva il suo assassino, gli ha aperto la porta; e forse erano anche amici, tanto da farsi trovare senza giacca e cravatta. In mancanza di altro, l'unico indiziato rimane Celeste Colacioppo, il proprietario delle impronte trovate nell'ufficio del direttore. Delitto di mafia? Rapina finita male? Omicidio passionale? Per quanto riguarda il movente, tutte le ipotesi sono possibili. Ora dobbiamo cercare la ragazza della foto. E se provassimo nel mondo dei transessuali, visto che il Mazza ne frequentava alcuni? Magari in uno di quei locali in cui si esibiscono le drag queen. Di sicuro Massaro ne conoscerà.» Giulia gli lanciò uno sguardo malizioso.

«Ah, no, a me piacciono le donne, c'ho rimesso persino la carriera per questa mia debolezza» reagì lui risentito, e arrossì. Come poteva la Milanesa pensare questo di lui?

«Volevo dire, prima che lei si sentisse ferito nell'orgoglio, che un ragazzaccio di strada, così per lo meno l'ha definito Paola, di sicuro conoscerà qualche locale un po' ambiguo. I maschi ci vanno per gli addii al celibato, sembra che si divertano molto.»

Lui si accarezzò il ciuffo e sorrise di rimando. Aveva denti così perfetti... «Veramente io non ci sono mai andato. Ma...» esitò prima di continuare. «Un amico mi ha detto che ce n'è uno storico in piena Vucciria. Forse è quello giusto. È frequentato da gente un po' anziana. E di tanto in tanto ci fanno spettacoli artistici.»

«Per essere uno che non ha mai frequentato certi posti, mi pare che tu ne sappia abbastanza. Andiamoci a bere qualcosa, anche domani sera. E se qualcuno dei nostri superiori dovesse pensare che andiamo a divertirci, gli faremo rimangiare tutto. Le indagini stanno procedendo ed è chiaro che saremo lì in servizio.» Giulia lo disse più a se stessa che agli altri, ché l'idea di passare una seratina con Massaro la stuzzicava non poco. Da quando era arrivata a Palermo, non era mai uscita con nessun uomo.

«Va bene» acconsentì lui. «E in fondo che c'è di male in un bicchiere di vino tra colleghi? Che ne dici, Paola?»

La Arena era un po' in disparte, guardava di continuo il telefono. Si sentiva il trillo dei messaggi che arrivavano a ripetizione.

«Allora, Paola?»

«Cosa?»

«Domani sera andiamo in giro per locali, una botta di vita.»

«Io veramente non posso» rispose controllando ancora una volta il cellulare.

«La relazione complicata?» domandò Giulia. Lei fece un cenno di assenso.

«Va bene, vado con Massaro. Però noi ci vediamo domattina e andiamo allo Stradone. Parliamo con l'ispettore Panseca. Lui ha sempre abitato in borgata, di questa storia deve sapere qualcosa. Magari conosce pure la ragazza della foto. Dopo andiamo dalla Cassise ed entriamo pure all'ufficio postale.» Giulia aveva parlato tutto d'un fiato. D'improvviso aveva ritrovato la sua energia, il lavoro era la migliore medicina per dimenticare i guai. E poi era eccitata all'idea di uscire con un uomo. È vero, non si trattava proprio di un appuntamento, ma Massaro le piaceva. Che fortuna che Paola non potesse.

12

La mattina dopo Giulia fu svegliata da una telefonata del padre: «Allora, Lallina, come stai?» le chiese il questore come se nulla fosse successo. Era quello il suo modo di riavvicinarsi: ignorare i problemi.

Giulia gli andò dietro facendo finta di niente. «Bene. E tu? La mamma?» rispose. Per quanto fosse entrata in fissa, era consapevole che violare la legge non era una opzione.

«Quale? Quella biologica o quella effettiva?» scherzò il padre.

Lei ci pensò su qualche secondo e sussurrò: «Scusa, papà, sono stata inopportuna».

«Sono contento che tu abbia deciso di cancellare questa idea bizzarra. Non hai bisogno di altri traumi.»

«Sì, però... Per gravi motivi di salute il tribunale può autorizzare il figlio adottivo ad accedere alle informazioni sull'identità dei genitori.»

«Brava! Vedo che hai studiato. Ma perché, sei ammalata?»

«No ma se continua così, potrebbe succedermi.»

«Lallina, non farmi preoccupare...» l'uomo fece una pausa e aggiunse: «Senti, ho un'idea. Il tribunale può chiedere alla madre biologica di ripensarci. Se lei dovesse acconsentire potresti incontrarla. E tutto questo nel rispetto della legge. Ti prometto che quando tornerai a Milano ce ne occuperemo».

«Grazie» sussurrò Giulia che finalmente vedeva uno spiraglio.

«Hai comprato un vestito nuovo?»

«No, ci vado oggi.»

«Brava, Lallina, non badare a spese e mandami il conto e una foto. Non ti vedo da troppi mesi. Ti voglio bene.»

«Anch'io, papà.» Si salutarono, poi lei si preparò per uscire, l'aspettava una lunga giornata di lavoro.

In corso Vittorio Emanuele si fermò come di consueto alla cattedrale. Le pareva che i tetti cambiassero allineamento di continuo. E il cielo mutevole la stupiva sempre. Soffuso di rosa al mattino, infuocato di lingue arancioni al tramonto, grigio piombo nei giorni di pioggia, una capricciosa quinta tesa tra il palazzo vescovile e l'abside posteriore. C'era in quel momento un insolito affollamento sul sagrato, e il chiacchiericcio risentito dei turisti che protestavano in tutte le lingue del mondo faceva da contrappunto a un rullo sordo di tamburi.

I disoccupati erano saliti sui tetti della cattedrale e urlavano incatenati alla balaustra.

«Ma come si fa a vietare l'accesso a un monumento così importante?» chiedevano le guide turistiche inferocite. «Così dobbiamo restituire il costo del biglietto.»

«È causa di forza maggiore» ripeteva il custode. «Non lo vedete che c'è un'emergenza? In Svezia come se la risolvono la questione?»

«Senza andare lontano, a Milano nessuno potrebbe occupare i tetti del Duomo, c'è un'attenta sorveglianza» esclamò Giulia. «Ma cosa vogliono?» chiese.

«Un sussidio, il reddito di cittadinanza» intervenne uno di passaggio.

«Non sarebbe meglio chiedere lavoro?» azzardò allora Giulia. «Il lavoro è per sempre, il sussidio dura quanto un governo, cioè pochi mesi.»

«In questo caso sarebbe come chiedere un miracolo» replicò lo sconosciuto.

«Perciò sono sui tetti della cattedrale, confidano nella Madonna?»

«La Madonna a Palermo non basta, ci vorrebbe un'altra Maria.»

Giulia lo guardò interdetta.

«Maria De Filippi! Quella se decide una cosa…»

Lei scosse la testa, questi siciliani proprio non li capiva, sembravano vibrare a una frequenza diversa dal resto dell'umanità.

Paola la scorse tra la folla e si avvicinò: «Ho la macchina in piazzetta, andiamo?».

Intanto erano arrivati i vigili del fuoco. Collocarono dei materassi sotto le mura della cattedrale e incrociarono le braccia.

«Ma come, non li sgomberano?» osservò l'ispettrice.

«No, non è compito loro. Devono solo stare attenti che non si facciano male. Tra un po' potrebbe piovere e i tetti bagnati sono scivolosi. Anzi, andiamo anche noi, prima che arrivi la tormenta dall'Africa» la sollecitò Paola.

13

Il cielo era coperto, l'afa toglieva il respiro. Si preparava una di quelle giornate sciroccose che fanno impazzire uomini e animali. Paola aveva il muso lungo. Giulia la osservava di sottecchi. «Come va?» chiese. Paola fece una smorfia di insoddisfazione. Nel giro di pochi giorni i loro ruoli si erano invertiti. Ora era la Arena a stare in silenzio e lei a cercare una qualche forma di dialogo. Giulia tornò a chiedere: «Ti ho fatto qualcosa?».

«No, tu non c'entri. Anche se certe volte fai di tutto per renderti insopportabile.»

«Mi spiace. Hai voglia di parlare?»

«Sì forse è meglio che mi sfoghi un po'. Ieri... è stato più difficile di quanto pensassi» rispose l'agente in vena di confidenze. «Avevo deciso di lasciarlo. Basta briciole, voglio un rapporto normale. Anche se la normalità...»

Nel lungo tragitto Paola ebbe il tempo di raccontare la complicata relazione con l'ex marito. «E lui mi ha detto che non può vivere senza di me...»

«Lasciami indovinare» la interruppe Giulia. «Siete finiti a letto, avete fatto l'amore come se fosse l'ultima volta, e dopo lui, tranquillo, tanto sapeva che sarebbero seguite altre occasioni, è tornato dalla famiglia.» L'agente annuì, aveva gli occhi lucidi e tirava su con il naso.

«Certo che ci vuole un bel coraggio ad approfittare di Cuor contento» esclamò, calcando sul quel soprannome.

Paola passò dal pianto al riso. «È così che mi chiami?»

«Sì.»

«Sei stata più generosa di me, io ti chiamo Blondi.»

«Bionda? Non mi pare una cattiveria, sono bionda.»

«No, non *blondie*. Blondi. Era il cane di Hitler» rispose Paola in un sussurro.

Giulia scoppiò a ridere. «Siamo stupide» aggiunse. «Ma ora basta incasinarci la vita. Lavoriamo e concediamo un po' di tregua a noi stesse.»

«Prima tappa: ufficio postale» urlò Paola e fermò la macchina. Dopo tanto tempo, la chiave non girava nella serratura. Ci volle molta abilità e pazienza per aprire la porta. Appena dentro inciamparono nel cartello di metallo giallo con la scritta blu POSTA TELEGRAFO. Era stato divelto e conservato in bilico su due paletti di legno. Si sentì un rumore di ferraglia, poi la polvere che ricopriva tutto come un sudario si sollevò a mezz'aria. Il tempo era passato, ma l'ufficio era in ordine, mancavano solo gli impiegati. Lo sportello della cassaforte socchiuso, la sedia leggermente scostata dalla scrivania. Negli scaffali moduli per vaglia, raccomandate, cartelline gialle con il logo di Poste Italiane. Giulia indossò i guanti, anche se si sentì ridicola, dopo tanto tempo davvero pensava di inquinare la scena del crimine? Aprì i cassetti. C'erano numerosi fogli firmati dal direttore, ordini di servizio, turni di ferie, libretti postali nuovi ancora infilati nelle buste di cellophane. Gli uffici centrali non avevano pensato di dover rimuovere i documenti.

Fecero il giro delle due stanzette senza rilevare nulla di interessante. Infine Giulia setacciò il pavimento, spostando mobili e cassettiere. Fu allora che notò un lembo bianco che spuntava da sotto la libreria. Ripensò a quel foglio che aveva notato nella foto. Usò pollice e indice per afferrarne un angolo e poi lo fece scorrere lentamente. C'era una scritta. La grafia era tonda e ingenua, quella di un bambino della scuola elementare. Lesse a voce alta: «Quand'ero bambino, parlavo da bambino, pensavo da bambino, ragionavo da bambino. Divenuto uomo, ho eliminato ciò che è da bambino. Adesso noi vediamo in modo confuso, come in uno specchio; allora invece vedremo faccia a faccia. Adesso conosco in modo imperfetto, ma allora conoscerò perfettamente, come anch'io sono conosciuto».

Googlarono il testo: san Paolo, Prima lettera ai Corinzi.

«Potrebbe avere un significato?» chiese Giulia.

«Un messaggio per qualcuno; i mafiosi sono sempre stati molto religiosi.»

Giulia sbuffò, alzò gli occhi al cielo, ancora con questa fissazione della mafia. Quindi si mise a cercare nei cassetti della scrivania. Prese un ordine di servizio stilato dal direttore, confrontò le due grafie, non si assomigliavano. Frugò nella libreria, nessun testo di religione, né Vangelo, né Bibbia. Conservò il biglietto in una busta: «Vediamo se ci sono impronte» disse. Chiusero a chiave. «Non si sa mai qualche rapinatore» scherzò Paola. E rimontarono in macchina.

«Seconda tappa: impiegata delle poste.» Paola suonò il clacson.

Adele Cassise abitava in un palazzo anonimo dello Stradone. Fu gentile, e accogliente, preparò, come si usa, il caffè e rispose con cortesia alle domande.

«È passato tanto tempo. Avrei voluto dimenticare, invece spesso lo sogno di notte, pace all'anima sua» e si fece il segno della croce. Non aveva molto da raccontare. Era una donnina grigia come grigia sembrava la sua vita. «Sono nonna da pochi giorni» ci tenne a dire con un orgoglio pieno. «Non ho avuto molto, ma ho goduto della gioia di una famiglia sana. Voi non potete immaginare, ma allo Stradone ogni giornata si sapeva come iniziava, ma non come finiva. Bastava uno sguardo di troppo, un saluto distratto e si scatenava la tragedia.» Parlò senza reticenze, anche lei pensava che Ermanno Mazza fosse un uomo gentile, educato, e bello. «Le donne gli stavano dietro, venivano anche solo per un saluto. Con la scusa di comprare un francobollo, sbirciavano attraverso la porta. Lui era galante e disponibile con tutte. Con ognuna si informava dei figli, della salute della suocera, ma mai aveva dato adito a chiacchiere e maldicenze.»

«Ha mai sentito che avesse un amante?»

«No, sembrava un santo. Parlava sempre della moglie. Mai visto una piazzata da marito geloso. Nella filiale regnava armonia e amicizia. Eravamo in pochi, io e un postino. Era un piccolo ufficio di borgata. Il lavoro aveva una routine regolare, qualche raccomandata, un pacco da spedire all'estero a un figlio lontano.»

Giulia la osservava attentamente. La donna era seduta con la schiena dritta, le caviglie intrecciate e le mani in grembo. Aveva un aspetto onesto.

«Negli ultimi tempi Ermanno Mazza era cambiato? Ha notato in lui qualcosa di strano?»

«No, non mi sembra.»

«Si è accorta di persone nuove che si aggiravano nei pressi dell'ufficio?»

«No. Tutte facce già viste, i soliti vecchi pensionati che passavano a fine mese. L'unica vera novità fu un problema di salute proprio del direttore. Una mattina disse di avere l'asma. Anzi, di preciso di avere un'allergia alla polvere. Sa, negli uffici postali c'è molta carta e le pulizie sono sempre sommarie. L'appalto era affidato a una ditta che svolgeva il lavoro di rado. I nostri vestiti erano sempre imbrattati di una patina scura, specie attorno ai polsi e al collo delle camicie. Il direttore tossiva spesso e io mi preoccupavo per lui. La tubercolosi era una malattia diffusa. Perciò ogni tanto, quando stava fuori, spolveravo nella sua stanza. Mi ero portata da casa degli stracci. Successe che mi sorprese a quattro zampe sotto al suo tavolo, stavo dando la cera al legno. Che figura! Lui mi ringraziò, il giorno dopo mi portò anche un regalino: un centrino all'uncinetto fatto dalla moglie. Ah, che gran signore! E aggiunse che gli sembrava di approfittare di me, che non mi davano lo stipendio per spolverare e che pertanto avrebbe assunto una donna delle pulizie. Ovviamente l'avrebbe pagata di tasca sua.»

«Non poteva chiedere all'ufficio del personale?»

«Sì, ma chi gli dava retta? Alle poste centrali nemmeno sapevano della nostra esistenza. Comunque lui non voleva disturbare nessuno. Era così discreto... E magari avrebbero licenziato quel poveraccio che così ci campava la famiglia.»

«Sa chi era questa donna?»

«Non l'ho mai vista. Veniva nella pausa pranzo. A quell'ora io tornavo a casa. Le famiglie ci tenevano a mangiare insieme. Le distanze tra un posto e l'altro erano brevi e se si apriva un po' più tardi, nessuno protestava, eravamo ancora i padroni del nostro tempo. Il direttore di solito rimaneva in ufficio e apriva lui alla donna delle pulizie. Gli chiesi se voleva che me ne occupassi io, sa in questi casi lo sguardo di una femmina è sempre meglio. Che ne sanno gli uomini di faccende domestiche? Mi disse di no. Io non volli insistere. Per discrezione, ma anche perché mio padre era molto severo, avrebbe preferito che perdessi il lavoro, non che mancassi a tavola e all'orario giusto.»

«E nessuno ha mai visto questa signora?»

«Io no.»

«E nel quartiere?»

«Le strade erano sempre deserte a quell'ora, il rito del pranzo era sacro per tutti.»

«Conosce questa ragazza?» chiese Giulia mostrando la foto. Adele fece cenno di no con il capo.

«Terza e ultima tappa!» esclamò Paola con un inchiodar di freni.

L'ispettore Panseca era al solito posto, la sciarpa attorno al collo nonostante l'afa, le mani sul bastone.

«Ma che bella sorpresa, le mie due poliziotte preferite. Che vi serve questa volta?»

«Ispettore, lei sapeva che ogni tanto, nella pausa pranzo, all'ufficio postale andava una donna a fare pulizie straordinarie? Pare che Ermanno Mazza fosse allergico alla polvere» gli domandò Giulia senza preamboli.

«No. Ve l'ha detto la Cassise?»

«Sì.»

«Ero certo che mi avesse nascosto qualcosa all'epoca. Ma d'altra parte le indagini sono state chiuse troppo in fretta.»

«Perché? Eppure lei non è certo un poliziotto qualsiasi. Ha fama di un investigatore con i fiocchi.»

«Tano Genco aveva premura di sotterrare il genero. Per i mafiosi il funerale è un rito importante. Rubinia poi dava i numeri. Aveva fatto una piazzata durante il consolo.»

«Che cos'è?»

«Una tradizione nostra. Nella casa del morto non si cucina per tre giorni. Gli amici portano da mangiare e si sta tutti insieme. Rubinia in quell'occasione accusò il padre di essere un assassino. E un assassino lo era davvero, ma in questo caso non c'era nessun indizio che potesse far pensare a lui. Senza una lapide la figlia non si sarebbe chetata, così Tano Genco chiese ai suoi amici importanti che facessero pressioni sul commissario per chiudere la vicenda. Nel frattempo imperversava la guerra tra i corleonesi e quelli della Piana. Mafiosi e poliziotti avevano altro di cui occuparsi. Alla fine arrivò l'ordine dall'alto: "Chiudiamo il caso, si tratta sicuro di una rapina". In effetti mancavano dieci milioni. Io continuai a investigare per conto mio ancora per un po'. Avevo intuito che dietro gli investimenti di Ermanno Mazza si nascondesse il riciclaggio dei soldi delle estorsioni. Ma poi fui spostato a un altro servizio.»

«I soldi può averli presi il killer per depistare?»

«Certo, ci avevo pensato anch'io. Avrei dovuto oppormi alla scelta del commissario. Se lo avessi fatto, chissà... È uno dei miei rimpianti.»

«Ispettore, non se la prenda, lei ha arrestato tanti mafiosi eccellenti. E poi Tano Genco è morto dopo poco.»

«La morte non ha azzerato i suoi debiti. Però se confrontiamo quello che faceva lui con quello che succede oggi, Tano Genco sembra uno sprovveduto.»

«Ispettore, si ricorda di un gruppetto di transessuali che vivevano allo Stradone?»

Il vecchio fece un'espressione incerta. «Garrusi» gli sussurrò all'orecchio Paola.

«Sì, come no? Uno in particolare: Calogero Zanca. Un pezzo di marcantonio! Indossava i vestiti della madre e usciva per strada. Vero che i maschi in quel periodo portavano i capelli lunghi, i pantaloni stretti stretti e le camicie fiorate, ma lui proprio esagerava. I ragazzini gli andavano dietro deridendolo. E un giorno lo picchiarono. Venne in commissariato che era una maschera di sangue, poveraccio. Lo portai in ospedale e gli consigliai di andarsene. Anzi, lo aiutai proprio. Gli trovai una baracca allo Zen, la strada non me la ricordo. Il quartiere non era lontano da qui, ma il capozona era più tollerante con garrusi e prostitute. Che tempi!» esclamò l'ispettore Panseca.

«Meglio oggi?» chiese Giulia.

«Certo! Contro i diversi c'è sempre un pregiudizio, ma sono liberi di manifestarsi per quello che sono. Ai miei tempi l'amore poteva essere una vera sofferenza. Non solo per loro, ma anche per i cosiddetti *normali.*» Giulia fece una smorfia, chi e cosa è normale è tutto da stabilire, pensò.

«Tanto per dire» continuò il vecchio, «io ho sbagliato moglie. Se ieri fosse stato come oggi, l'avrei cambiata. E invece me la sono dovuta tenere. Ora devo andare, se tardo mi fa una lavata di capo, come fossi un picciutteddu.» L'ispettore si alzò sulle gambe malferme.

«Aspetti un momento: questa ragazza l'ha mai vista?» chiese Giulia.

Quello inforcò gli occhiali, osservò a lungo la foto: «Ha un'aria familiare, ma non so… non ricordo. Ora lasciatemi andare, mi ha fatto piacere rivedervi. I vecchi ci tengono a essere ricordati».

Sulla strada del ritorno le due poliziotte cominciarono a discutere del caso.

«Ho ragione io. Anche l'ispettore Panseca insinua che il mandante possa essere Tano Genco.» Paola aveva un tono così sicuro che Giulia decise di non contraddirla. In ufficio le consegnò il foglietto: «Mandalo alla Scientifica, non ne verrà fuori nulla, ma non si sa mai. E cerchiamo l'indirizzo di Calogero Zanca».

14

Si era comprata un vestitino corto del colore dell'oro. E, per non sembrare una Barbie, sopra aveva indossato il suo vecchio chiodo nero. I capelli raccolti sulla sommità del capo, la nuca scoperta era appetitosa come un muffin. Giulia si diede un ultimo sguardo allo specchio soddisfatta e attraversò l'androne con passo sicuro. Lui l'aspettava al portone appoggiato alla sua moto. Da mangiare, pensò appena la vide, e si morse il labbro inferiore con gli incisivi.

Non era ancora buio, il cielo all'orizzonte sfumava in un azzurro più chiaro. «È presto. I locali sono ancora chiusi. Facciamo un giro.»

Lei salì con facilità. La gonna ampia si allargò tutto intorno. La tenne ferma con una mano e strinse le gambe per non cadere indietro alla prima accelerata. Cercò di mantenere un po' di spazio tra loro, ma a ogni curva, a ogni buca, scivolava sempre più in avanti finché si trovò appiccicata alla sua schiena.

Il traffico era ancora intenso, il puzzo di smog irritava le narici. Appena imboccata la Favorita, li avvolse il profumo di terra arsa, di alberi scortecciati. Giulia si era illanguidita;

il seno appoggiato contro di lui, si godeva quel sentore di legno pregiato.

Era l'ora magica del giorno, quando la natura seduce con le sue fragranze. Lungo il tragitto fu tutto un susseguirsi di odori: plumbago, gelsomino, bella di notte; e, ancora, rosmarino, salvia. Infine comparve il mare. Giulia sentì sulla lingua il sapore del sale. Attraversarono un lungo viale di magnolie dai grandi fiori bianchi. Lei era contenta, pacificata. Le luci della notte sfavillarono all'improvviso. Massaro le aveva poggiato una mano sul ginocchio, con la scusa di attirare la sua attenzione. Le indicò una lunga fila di ristoranti. I cuochi avevano cominciato a spadellare. Aglio, cipolla, basilico sfrigolavano nell'olio caldo.

«Ho fame» disse Giulia.

Superata l'ultima curva, si fermarono davanti a una sorta di palafitta: «È il mio posto preferito. Mangiamo qui».

Il tavolo era proprio sull'acqua, si sentiva lo sciabordio delle onde e si poteva toccare il muschio limaccioso degli scogli.

I camerieri portarono un enorme piatto di ricci. I gusci spinosi dalle sfumature blu notte poggiavano su un ghiaccio lucente. All'interno le uova arancioni, morbide, scivolose, umide come mucose.

«Che ne dice, dottoressa? Non è sorprendente questa città?»

«Sì, l'avevo sottovalutata» rispose lei giocando con le mollichine del pane. I semi di sesamo disegnavano sulla tovaglia bizzarre geometrie.

Parlarono poco, ma di cose essenziali. Giulia si limitò alla sua carriera, all'esperienza fatta negli Stati Uniti. Lui raccontò di quella sua debolezza verso le belle donne e di quanto gli fosse costata cara la sua avventura con la moglie del capo.

«Adesso capisco tutto. È per questo che è inchiodato al ruolo di semplice agente e non ha fatto carriera.» E quando ebbero finito, la luna piena si allungava per tutto il golfo con una scia d'argento.

«Senta, dottoressa, non mi capitava di stare così bene da tempo. La serata è stupenda. Saliamo a monte Pellegrino, da lassù Palermo sembra il posto delle fate. Andiamoci domani al locale.»

«Mi piacerebbe, ma cosa raccontiamo a Paola, che ce la siamo spassata? Temo che alla Mobile si parlerà solo di noi. Insomma, siamo in servizio, anche se non chiederemo di pagarci lo straordinario. No, andiamo al locale.»

Lui chiese il conto con un'espressione delusa. Discussero per chi dovesse pagare.

«Da noi sono ancora gli uomini a farlo.»

«Però le donne oramai guadagnano.»

Al ritorno la luna li seguì per tutto il tragitto. La sua luce penetrava il fogliame fitto e riluceva nella rugiada del prato. Giulia, aggrappata a lui, si sentiva fiduciosa. Era così riposante lasciarsi condurre da altri.

In città, l'agente puntò dritto alla prefettura. Salutò il collega di turno e posteggiò la moto nel cortile interno. «Se la lascio fuori non la ritrovo.»

«Non è carino detto da un poliziotto.»

«Dobbiamo accettare la realtà» concluse Massaro con un certo rammarico. «Se Palermo fosse ben governata, sarebbe una sorta di paradiso terrestre.»

Si incamminarono verso via Roma. Erano belli e insieme lo erano molto di più. Massaro, alto e muscoloso, trasudava virilità. La sua faccia intagliata nella pietra era quella di un dio degli inferi. Giulia, piccola, il vestito aggrappato ai seni, le gambe affusolate, era l'immagine della grazia femminile.

Il locale si trovava all'interno della Vucciria. Il vecchio mercato non esisteva più da tempo. I magazzini di frutta e verdura erano ormai bar e pub; la piazza zona di movida e di spaccio. Prima della discesa Caracciolo, l'agente si chinò a sussurrare nell'orecchio di Giulia: «Dottoressa, qui la polizia non è ben vista. Perciò da questo momento noi siamo due ragazzi qualunque che festeggiano il loro fidanzamento. Naturalmente dobbiamo darci del tu; il mio nome è Francesco».

Camminarono tra il fumo delle canne e delle grigliate. Il puzzo dolciastro della marijuana ammorbava l'aria, dai vicoli saliva l'afrore dell'urina degli ubriachi.

«Che schifo! Dovremo mettere tutto a lavare» disse Giulia.

Lui avvicinò il naso alla sua scollatura, sfiorandole l'attaccatura del seno: «Ma se profuma come una rosa».

Poi comparve l'insegna STIVALI DI VELLUTO, che sormontava un piccolo ingresso incorniciato da tendaggi. L'intero locale era rivestito di velluto dai colori diversi. Rosse le poltroncine, blu le tende che calavano come quinte lungo le pareti. L'atmosfera poteva sembrare ambigua, ma ai tavoli sedevano solo coppie nostalgiche un po' avanti negli anni.

Le casse diffondevano canzoni italiane degli anni

Sessanta. Qualche cliente canticchiava a bassa voce con aria sognante.

«C'è poca gente» disse Massaro al cameriere.

«Durante la settimana va così. Sabato c'è il pienone, per lo spettacolo di Celeste.»

«Allora dobbiamo tornare, ma intanto ci porti da bere, abbiamo qualcosa da festeggiare.» Massaro prese tra le sue la mano di Giulia a conferma di quanto diceva. Lei arrossì e non si sottrasse, nemmeno quando il ragazzo se ne fu andato. Giocavano entrambi, approfittando dell'occasione. Lui forse per abitudine, ché attorno alla seduzione aveva costruito il suo personaggio; lei perché le piaceva essere corteggiata. Portarono del vino e i due ragazzi brindarono con le braccia incrociate. «Dobbiamo essere credibili» le sussurrò all'orecchio.

«Giusto» convenne Giulia e gli sfiorò la guancia con le labbra. Erano turbati da quella prossimità.

«Peccato che Paola non sia potuta venire» disse Giulia per togliersi dall'imbarazzo.

«Io invece sono contento.»

Lei abbassò il capo, si aggiustò la gonna che era risalita e accavallò le gambe. Continuarono a bere e l'alcol sembrò funzionare, perché Massaro raccontò dei suoi amori perduti per strada senza tanti rimpianti. Lei accennò appena al suo ex fidanzato, «ma è roba passata».

«Qual è il tuo uomo ideale?»

«Mi piacciono i duri, anche se prepotenti. Mi piace la battaglia» disse con uno sguardo birichino.

«Non sei molto originale. Tutte le donne cercano il maschio crudele, quello che le fa soffrire. Ma perché? È così bello fare l'amore con dolcezza! E invece se non le sbatti come polpi, ti lasciano dopo la prima volta.»

Giulia scoppiò a ridere: «Non ti ci vedo a fare l'adolescente innamorato».

Francesco Massaro la fissò dritta negli occhi: «Hai una pelle così delicata, bianca come latte...». Sollevò una mano per accarezzarle il viso, Giulia l'afferrò, gli strinse il polso forte: «Mi piace la battaglia» disse di nuovo con uno sguardo di sfida.

«Cioè schiaffi al posto dei baci e morsi invece di carezze? Insomma, tutto lo scontato immaginario femminile.»

«Siamo troppo ubriachi» considerò allora Giulia. «Andiamo via. Ho guardato in giro e non c'è nessuno e niente di quello che cerchiamo. Magari torniamo sabato, e portiamo pure Paola.» Lui ne convenne e la condusse fuori dal locale. Chiamò un taxi, avevano bevuto troppo per guidare. La moto l'avrebbe recuperata il giorno dopo.

Sulla strada del ritorno Giulia si addormentò, la testa poggiata sulla spalla di lui e le mani in grembo. Aveva un'aria indifesa. Arrivati al portone, Massaro provò a svegliare Giulia, lei mugolava ma non accennava a reagire.

«Amari 'cu nun t'ama è tempo perso» commentò l'autista.

Massaro non rispose. Cercò le chiavi nella borsetta di lei e raggiunse l'appartamento con Giulia tra le braccia. La mise a letto vestita, lui dormì in salone sul divano, tra le scatole del trasloco.

15

Giulia si svegliò con un forte mal di testa. Andò in cucina per la colazione e scorse Francesco sul divano, la camicia aperta, la cintura dei pantaloni slacciata, le gambe larghe, una alta sulla spalliera, l'altra scivolata sul pavimento. Che cosa avevano combinato?, si chiese l'ispettrice. Non ricordava nulla. Erano stati a Stivali di velluto, avevano bevuto e poi il buio. Preparò il caffè, si vestì macinando pensieri su pensieri, e andò a svegliarlo.

«Buongiorno, Giulia» disse l'agente con un sorriso smagliante e sollevò le braccia.

Lei fece un passo indietro, ripristinando una certa distanza: «Mi ha scritto Paola. Sa dove abita Calogero Zanca e mi aspetta in ufficio per andare da lui» e gli mostrò l'indirizzo.

«Recupero la moto e la raggiungo, dottoressa. Quello non è un posto per due donne sole» disse Massaro, tornando rapidamente a un atteggiamento formale.

L'ultimo indirizzo conosciuto di Calogero Zanca era in via PV13 allo Zen. La macchina di Paola si fermò ai margini del quartiere. Un adolescente, a cavalcioni di una grossa moto, sbarrò loro la strada. Lì dentro non si entrava senza permesso. Il ragazzo scavallò il sellino e andò loro incontro con passo da pistolero. Alto e straordinariamente magro, era tutto ossa. Aveva il volto affilato, i capelli rasati sulle tempie e un grosso ciuffo sulla sommità, il doppio taglio che andava tanto di moda. Sollevò un lembo della camicia e fece vedere la pistola.

«Cerchiamo Calogero Zanca» disse Paola. «Siamo poliziotte, ma non vogliamo arrestare nessuno. Abbiamo solo bisogno di qualche informazione, se vorrà darcele. Altrimenti amici come prima.»

«Girate la macchina e tornate narreri» ordinò lui. Allora Massaro aprì lo sportello e scese con le mani bene in vista: «Senti, siamo tutti e tre disarmati. Ti pare che veniamo a farci ammazzare? Adesso le mie colleghe entrano a cercare il nostro uomo e io sto qui a garanzia. Non succederà nulla se tutti stiamo ai patti». Il ragazzo infilò pollice e mignolo tra le labbra ed emise un lungo fischio spaccatimpani. Un bambino spuntò fuori da un cancello e si mise a correre tra gli edifici, agitando il sederino pizzuto. Tornò dopo poco e riferì gli ordini nell'orecchio del centauro. «Va bene» disse quello, «ma le due femmine entrano con me. Le accompagno e aspetto finché non hanno finito. Tu rimani tranquillo con lui e ti leggi il giornale.» Il bambino incrociò le braccia e si appiccicò alla gamba dell'agente come un bravo cane da guardia.

Paola guidò con attenzione tra i viali desolati. La strada era piena di buche, a tratti sterrata. Superarono un vialetto asfaltato e una specie di discarica, dove frigoriferi vecchi, lavatrici rotte, pezzi di legno, calcinacci spuntavano come miseri resti.

Il centauro si fermò all'angolo con via San Nicola, davanti a una casetta ancora in costruzione, e indicò una porta di ferro. «Scendiamo» sussurrò Paola con una certa esitazione nella voce.

«Non c'è motivo di avere paura, né disagio» la riprese Giulia. «Questo non è uno zoo e loro non sono animali feroci. Ricorda che sono esseri umani e il fatto che stiano qui, non li rende diversi da noi. Lascia parlare me. Non conosco il vostro alfabeto, ma ho studiato psicologia, tra noi due sono la più competente, qualunque cosa tu possa pensare di me. E poi gli emarginati reagiscono allo stesso modo in tutte le città del mondo.»

Paola si stupì dell'improvvisa metamorfosi di Giulia. Era la prima volta che mostrava un tono sicuro, il piglio di chi sa il fatto suo.

Bussarono parecchie volte senza ottenere risposta. Dentro qualcuno ciabattava. Giulia batté con i pugni sulla porta. Lo spilungone allora rumoreggiò dando gas. Era un moderno pellerossa e quel rombo una sorta di segnale di fumo.

«Che c'è?» urlò un vocione gutturale. «Di primo mattino già vi tira? Un attimo! Lo so che nell'attesa vi si smoscia, ma non c'è da preoccuparsi, io sono bravissima.» Un donnone alto e massiccio, una sorta di armadio quattro stagioni aprì e le fissò sbigottita: «Ah no, con le femmine non ci vado» e si ritrasse all'interno.

«Polizia» disse Giulia, ma quella non se ne diede per inteso e cercò di sbarrare loro l'ingresso. Il centauro a lato della strada rumoreggiò di nuovo. La donna allora si mise di lato: «Che ho fatto?» chiese.

«Nulla, cerchiamo Calogero Zanca.»

«Che ha fatto allora Calogero?»

«Possiamo entrare?»

«Accomodatevi.»

L'ambiente era piccolo, ma pulito, e profumava di lavanda. Le pareti senza intonaco trasudavano povertà. C'era buio, ché alle finestre fogli di cartone al posto dei vetri impedivano al sole di entrare. La donna accese una lampadina dalla luce fioca e colorata di arancio. Nell'angolo un letto con una coperta rosa tempestata di piccoli cuori lucidi. Al centro un tavolo di plastica e tre sedie.

«È la moglie di Zanca?»

«Nzù» rispose quella tirando su il mento.

«Una parente?»

«Una specie.»

«Io sono Giulia Vella, lei è la mia collega Paola Arena.»

«Io sono Dafne.»

Giulia intanto si guardava intorno. Ai piedi del letto c'era un divanetto con una fila di Barbie dai vestiti vaporosi. Accanto una toletta laccata lucida e colma di colorata chincaglieria; una giostrina di cavallucci azzurri e fucsia, probabilmente un carillon. Sullo stipite della porta d'ingresso due curiose sculture in cartapesta. Rappresentavano una amazzone ferita e una sirena pensierosa. Riconobbe subito lo scultore: «Sono di Mirek?» chiese alla padrona di casa.

«Com'è che conosce questo artista?»

«Lo amo molto. C'è ingenuità e dramma in tutto quello che fa. Sono i suoi Lari, per quello li ha messi sulla porta?»

«I miei Penati.»

«C'è differenza?»

«I Lari proteggono il luogo, i Penati la persona. Queste sculture me le ha regalate una mia amica, insieme a quel carillon sulla toletta. Mi piacciono molto le giostrine. E adesso mi dite perché cercate Calogero?»

Accese una sigaretta, si strinse addosso la vestaglietta, che mise in evidenza i fianchi stretti e le spalle larghe da nuotatore. Di femminile aveva solo le caviglie sottili, sotto a polpacci grandi e ben definiti. Colpa dell'età, ché nella vecchiaia uomini e donne finiscono per assomigliarsi, o di una transizione incompleta?, si stava chiedendo Giulia, quindi andò subito al punto: «Lei è Calogero Zanca?».

«Dipende. Adesso se volete spiegarmi, altrimenti andatevene, tra poco inizio a lavorare.»

«Stiamo indagando sull'omicidio di Ermanno Mazza.»

«Povero Ermanno!» esclamò Dafne, e i suoi occhi si fecero lucidi. «Che mala fine ha fatto. Ma sono sempre i migliori ad andarsene per primi.»

«Lo conosceva bene?»

«Eravamo molto amici.»

«Avevate una relazione?»

«Ma che dice? Quello era sposato, e con la figlia di Tano Genco. Il boss li odiava, a quelli come noi. Ermanno mi ha aiutata tanto, rischiando in prima persona.»

«A Pallavicino eravate in tanti, come dire…»

«Garrusi? La può dire questa parola. Mi hanno chiamato in tutti i modi: finocchio, pervertito, invertito, puppu, rottoinculo, checca, ricchiuni, ricchiunazzu, matellu, culattone… tranne che con il mio nome. Sono stato insultato ogni giorno della mia vita fino allo sfinimento. Comunque no, eravamo in due. Muscoli, peli ma anima da donna. Maschi sbagliati ci dicevano. Poi c'erano quelli giusti, che venivano a trovarci di nascosto.»

«Non potevate anche voi fare finta di niente?»

«Ci abbiamo provato, ma era la nostra natura, non si poteva nascondere.»

«Eravate molto infelici?»

«Sì. In quel periodo altro che discriminazione, era una questione di vita e di morte. Cominciavo la giornata con una secchiata d'acqua. Me la tirava la mia dirimpettaia: "Schi, schi, passeddà", mi urlava. Per mio padre, quando si sentiva allegro, ero uno scherzo della natura, altrimenti erano cinghiate. Al lavoro, perché ho avuto un lavoro normale sia pure per un breve periodo, chi mi palpeggiava, chi mi chiamava amore, chi sputava per terra, chi aveva paura di essere contagiato…»

«Qui però mi pare che la rispettino.»

«Sono giovani, moderni, sono fluidi, pensano solo ai soldi. Allora erano gli anni Settanta.»

«C'era la Swinging Londra…»

«E lo Stradone *zaurding*» sorrise Dafne. «Ma com'è che vi interessate a Ermanno Mazza dopo tanti anni?»

«Sono sopravvenuti nuovi elementi e abbiamo riaperto le indagini. Mi racconti di lui.»

«Che vuole sapere?»

«Che tipo era? Chi frequentava?»

«Un uomo speciale, con un animo gentile e un cuore generoso. Io e la mia amica a un certo punto, perso il lavoro, abbiamo cominciato a prostituirci. I soldi delle marchette li davamo a Ermanno che li faceva fruttare.»

«I soldi li portavate da lui in ufficio?»

«Io no, con questa stazza mi avrebbero riconosciuta e pestata. Ci andava la mia amica. Ben truccata e ben vestita era una femmina fatta e finita.»

«Ma lei è mai stata schedata?»

«No, io no. Non sono mai uscita fuori dalla borgata. La mia amica sì. Ogni tanto andava a battere nel centro di Palermo. E qualche volta è stata beccata. All'epoca la polizia faceva le retate.»

«Ah, ecco perché abbiamo trovato le impronte all'Afis.»

«Lei era testa calda. Reagiva agli insulti e faceva a botte come un maschio, ma era una femmina bellissima. Io avrei voluto molto assomigliarle. La sera, prima di dormire, ci raccontavamo i nostri desideri. Sa cosa sognavamo? Di svegliarci una mattina con tette burrose, fianchi rotondi, la pelle liscia.»

«Ma la sua è levigata» disse Giulia.

«Sì, è vero. Senta...» Dafne le afferrò la mano, se la portò al viso, una corrente di simpatia passò tra le due.

«Sembra di toccare seta.»

«Non sa quanto mi è costata.»

«Dieci milioni?»

«No, molto di più» rispose Dafne e sembrava non aver colto l'allusione.

«Come ha fatto a diventare così bella?» chiese Giulia cercando di ingraziarsela.

Dafne serrò la mascella quadrata: «Bella, dice? So benissimo di non esserlo mai stata. Non ha bisogno di adularmi».

«No, lo penso davvero che lei sia una donna magnifica.» Giulia si era portata una mano sul cuore per dare forza alla sua affermazione. Dafne fece una smorfia. «Va be', diciamo che è un tipo» si corresse Giulia.

«Così va meglio» rispose il donnone, «ma doveva vedere la mia amica. Era esile, i capelli lunghi, del colore del grano maturo, occhi verdi, viso ovale che pareva una Madonna. Nulla di ambiguo, se non dei piedi grandi e lunghi.»

«Insomma, non sa che fine ha fatto?»

«No. A un certo punto se ne andò. Era un'irrequieta. Magari è corsa dietro a qualcuno di cui era innamorata. Le ci vollero alcuni giorni per portare via vestiti, scarpe, cappottini. Quanti soldi spendeva, ma con quel fisico, forse l'avrei fatto anch'io.»

«Come si chiama la sua amica?»

«Carmen. Nome d'arte, ovviamente.»

«No, intendo il suo vero nome all'anagrafe.»

«Non lo conosco, dimentico in fretta.»

«E lei, quando ha visto Ermanno per l'ultima volta?»

«Il giorno prima della rapina andai a trovarlo alla posta. Mi vestii da maschio, avevo pure una coppola sulla testa, che schifo! Ma non potevo farmi beccare dagli uomini di Tano Genco. Fu l'ultima volta che indossai quegli orribili pantaloni, poi li bruciai.»

«E perché corse questo rischio?»

«Volevo i miei risparmi. Facevo delle costosissime cure ormonali e avevo bisogno di soldi. Ermanno non voleva darmeli. "Ti serviranno quando sarai vecchia" mi disse, e aveva ragione. Oggi non ho un euro da parte, perciò faccio ancora marchette, nonostante abbia l'età della pensione. Ah, gli avessi dato retta...»

«Secondo lei è possibile che Tano Genco avesse scoperto del vostro legame con il Mazza? O magari che sospettasse una relazione d'amore del genero con uno di voi?» chiese Paola all'improvviso, interrompendo la consegna del silenzio.

Dafne la guardò con sussiego: «Ma che dice? Ermanno faceva molta attenzione. Teneva i documenti nella cassaforte del suo ufficio. Nessuno era al corrente di questo».

«Secondo lei chi lo ha ucciso?»

«Guardi, non lo so. Tano Genco era un diavolo, e penso che in diverse occasioni abbia desiderato di vederlo morto, Ermanno. Magari i suoi modi gentili, quasi effeminati, lo irritavano, ma escludo che l'abbia ammazzato. Ermanno gestiva i soldi della famigghia e gli affari prima di tutto.»

Dafne sistemò i capelli per bene dietro le orecchie. Aveva una chioma sottile, di colore fulvo, che sfiorava il collo grosso. Il naso largo alla radice, due occhi mobili, una frangetta irregolare sulle sopracciglia scure.

«E il giorno della rapina lei dove stava?»

«A Catania. Avevo cominciato delle cure da un medico specializzato. Faceva certe iniezioni dolorose che mi sballavano completamente. Ricordo che quella volta stetti male. Ero al secondo ciclo di punture e gli effetti collaterali furono importanti. La testa girava e avevo una nausea terribile. Presi alloggio in una stanzetta vicino alla stazione e rimasi lì qualche giorno.»

«Ricorda come si chiamava la pensione?»

«Bellini. Come si poteva chiamare a Catania?»

«Ermanno Mazza aveva relazioni extraconiugali con altre donne?» continuò Paola, ignorando gli sguardi di rimprovero di Giulia. Dafne sbuffò, sembrava irritata.

«Ermanno era affettuoso nei riguardi della moglie, e ne parlava bene. Ma diceva che per lui era come una sorella maggiore. Questa sua affermazione mi ha sempre lasciato dubbiosa. Si può dire così della propria moglie? Credo che non avessero rapporti intimi e un uomo ha bisogno ogni tanto di sfogarsi. Però a me non ha mai detto nulla. Certe volte sospirava, e gli passava negli occhi una malinconia... Di una cosa sono certa: non era felice.»

«È possibile che Mazza avesse una relazione con la sua amica Carmen?» la incalzò Paola.

«Ma lo sa che lei è veramente antipatica? Non fa altro che insinuare. Pensa male di tutti, sospetta di un morto. No, lei proprio non mi piace. Ogni volta che apre bocca, le esce fuori una scia nera, manco fosse una seppia. Preferisco parlare con la sua collega, ha più sensibilità.» Dafne girò le spalle e fissò Giulia dritto in faccia. Paola ci rimase male, ma incassò il colpo senza replicare.

Scava scava, chissà cosa si trova al fondo delle persone. Pure Cuor contento doveva avere un lato oscuro e Dafne con la sua sensibilità l'aveva intuito.

D'un tratto irruppe nella stanza il rombo della moto: «Quello sta perdendo la pazienza. Ora ve ne dovete andare» disse Dafne.

«Aspetti, conosce questa ragazza?» Giulia mostrò la foto.

«No» rispose secca Dafne e distolse lo sguardo.

Vrooom vrooom. Il centauro sulla strada le richiamava all'ordine.

«Addio» le salutò Dafne.

«Posso farle ancora una domanda?» chiese Giulia.

«Sì, ma in fretta.»

«Perché mi ha raccontato tutto questo? Non è facile far parlare una siciliana. E perché proprio a me? La mia collega è una donna gentile...»

Dafne le prese la mano: «Giulia, noi siamo tragicamente simili. Dentro al suo cuore c'è un male dalle radici vecchie. Lei è nata infelice. L'ho sentita compagna nel dolore, perciò mi sono fidata di lei».

Giulia arrossì, si sentiva nuda. In altre circostanze sarebbe andata a fondo, ma fuori il centauro rumoreggiava. *Vrooom vrooom*.

«Per favore, andate via» pregò Dafne, e le accompagnò alla porta.

16

La sera venne con le sue ombre e i suoi rovelli. Giulia era davanti alla tv, ma non riusciva a concentrarsi sul programma. E se mia madre fosse morta?, si chiedeva, l'ansia le faceva battere forte il cuore. Doveva trovare il modo di accedere ai documenti dell'adozione. Guardò quindi l'orologio, non era poi così tardi. Decise di chiamare Massaro.

«Ti ho svegliato?» Di colpo era tornata a un atteggiamento confidenziale.

«No, veramente non riesco a dormire e pensavo di fare un giro in moto.»

«Passa a prendermi, ho il tuo stesso problema.»

Si trovarono in piazzetta. Giulia fumava avidamente una sigaretta. «Non sapevo fumassi» le disse l'agente porgendole il casco.

«Ho smesso» rispose lei, buttò via il mozzicone. Rimase con il casco in mano a cincischiare e poi propose di andare al locale: «È sabato, c'è lo spettacolo, lo sai che sono curiosa».

Massaro acconsentì: «Lascio la moto nel tuo cortile e andiamo a piedi, c'è una serata stupenda».

Passeggiarono per le strade affollate. Le stelle puntiformi tremavano in cielo. L'aria era tiepida sulla pelle, dolce l'oscurità.

«Mi hai teso un tranello. Pensavo a una serata divertente e invece mi ritrovo a fare straordinari» scherzò Massaro.

«E con i controlli recenti, non potremo nemmeno chiedere di pagarceli» rispose Giulia.

Scesero le scale che portavano alla Vucciria, nello slargo fumoso, tra giovani affamati di sballo, brillava l'insegna STIVALI DI VELLUTO.

«Entriamo, dai, voglio proprio vedere com'è questa cantante.»

Era quasi mezzanotte, in sala buio pesto. «Ricordati che siamo fidanzati» disse lui cingendole le spalle in un abbraccio affettuoso. Si confusero tra la gente e furono due ombre tra le tante.

«Celeste!» annunciò all'improvviso una voce al microfono. Il sipario si aprì e festoni di luci colorate illuminarono una giostra d'altri tempi. Una donna minuta su un cavallo di cartapesta mandava baci al pubblico. La musica di un carillon accompagnava le sue mossette da bambina. Quindi la giostra si fermò, la donna scese da cavallo, si inchinò e scoppiò un applauso fragoroso. Le lucine si smorzarono, un occhio di bue centrò il volto di Celeste. Aveva labbra rosse e carnose, lunghe ciglia finte, un caschetto biondo platino, che scendeva fin sotto le orecchie. Partì una melodia sentimentale, lei intonò la prima canzone. Parlava di un amore impossibile, di un cuore lacerato. La voce calda, pastosa, a tratti sprofondava in note basse e cupe. Le braccia, le gambe, le mani andavano a ritmo, il volto contratto pareva una maschera tragica. Il suo abito tempestato di paillettes mandava tutto intorno bagliori d'argento.

Il concerto durò a lungo, poi Celeste esausta lanciò baci in tutte le direzioni e sparì dietro le quinte. Il sipario calò nascondendo il cavalluccio magico.

«Ne valeva la pena» esclamò Massaro. «E ora?»

«Sediamoci a bere» propose Giulia. Lui fece cenno al cameriere e, dopo aver ordinato, chiesero di poter incontrare l'artista. «È stata bravissima e vorremmo complimentarci con lei.»

«Tra poco viene in sala a incontrare i clienti» rispose quello.

Celeste si era cambiata d'abito. Adesso indossava un paio di pantaloni lilla e una maglia larga a collo alto dello stesso colore. Sul palco sembrava alta, da vicino era piccola di statura, i fianchi tondi, i seni pronunciati. Era così armoniosa, se non fosse stato per quei piedi lunghi, troppo, rispetto alla sua statura. Era un arbusto con le radici di una quercia. La donna sembrava conoscere tutti e per ognuno aveva un pensiero, una frase speciale. Arrivata al tavolo dei poliziotti si fermò.

«Non vi ho mai visti. Vi spiace se mi siedo con voi? Qui siamo tutti amici ed è usanza che io mi presenti ai nuovi clienti.» La sua voce risuonò artificiosa, il tono era nasale.

«Felici di fare la sua conoscenza» disse Giulia.

Da vicino Celeste aveva la bellezza di una peonia sfiorita, quando la corolla spampanata mostra i pistilli gialli e i petali, seppur rinsecchiti, appaiono ancora vitali. Emanava un profumo intenso, dal sapore dolce. Era senza trucco, i suoi lineamenti erano regolari, il naso piccolo e dritto, la bocca sensuale con un broncio accattivante, il viso levigato. Una frangetta spettinata incorniciava un paio di occhi ammalianti. Le iridi verdi e cangianti, solcate da sottili striature gialline, ricordavano le acque tumultuose del delta di un fiume, laddove correnti contrapposte agitano i fondali, portando a galla alghe e detriti. A conti fatti poteva avere un po' più di sessant'anni, ma ne dimostrava venti di meno.

«Champagne» ordinò la cantante, «e naturalmente siete miei ospiti.»

«Fa così con tutti?» chiese Giulia.

«Solo con i nuovi clienti. E poi non capita spesso una giovane coppia. Si guardi intorno. Solo uomini maturi e nostalgici.»

«Lei li conosce tutti?»

«Mi seguono da anni. Sono così noiosi. I vecchi parlano sempre delle stesse cose. Il locale nel corso del tempo è diventato il circolo dei miei ammiratori. Vedete quella coppia al tavolo dieci? Lui è innamorato di me. Prima veniva da solo, sperava di conquistarmi. Ora si porta dietro anche la moglie, non spera più. E quei quattro al tavolo undici? I mariti sono gay, le mogli lo sanno ma fanno finta di niente. La famiglia non si tocca. Ah, il peccato! Ha un sapore forte tutto quello che è proibito e nessuno può resistere. Non trova anche lei?»

«Non saprei» rispose Giulia.

«Comunque benvenuti a Stivali di velluto. Avete

qualche domanda da farmi? Una curiosità pruriginosa da soddisfare? Chiedete pure, io risponderò con sincerità. Sapete, ho vissuto per un po' a Singapore. La gente paga per parlare con tipi come me.»

«Che tipo è, lei?» domandò allora Giulia.

«È da quando sei entrata che ti stai chiedendo se sono maschio o femmina, non è vero? Ma ricordati che donna si nasce, non si diventa.»

«Non era il contrario a detta di Simone de Beauvoir?»

«Non la conosco, ma la mia esperienza è altro.»

Massaro aveva ascoltato senza intervenire. Ogni tanto si accostava a Giulia, le stringeva una mano, sfiorava le sue guance con un bacio leggero, giocava a fare il fidanzato affettuoso.

«E lei non ha nulla da chiedere?» disse Celeste rivolta a Massaro.

«Ci racconti di Singapore. Come c'è finita all'altro capo del mondo?»

«Avevo voglia di cambiare aria. Mentre quelli come me qui venivano perseguitati, lì erano tenuti in grande considerazione. Quando sono arrivata, alla fine degli anni Settanta, mi è sembrato il paese dei balocchi. C'era una intera strada dedicata a noi, molti bar eleganti. Io me ne stavo seduta interi pomeriggi a bere tè e a parlare della mia vita. I clienti pagavano una tariffa oraria per ascoltare, mai qualcuno che abbia fatto problemi di soldi o protestato. Qui, per poche lire, mi toccava fare...» Si fermò a cercare le parole adatte: «Sì, insomma, avete capito. Finalmente mi guardavano come un essere umano, avevo una mia dignità. Ma ancora non conosco i vostri nomi».

«Io Giulia e lui Francesco.»

«E perché siete venuti qui?»

«Eravamo qui giovedì per festeggiare il nostro fidanzamento, siamo capitati per caso» rispose Giulia sorridendo a Francesco. «Abbiamo saputo del suo spettacolo, ci siamo incuriositi ed eccoci qua.»

«Belle canzoni, ma un salto indietro nel tempo!» esclamò Massaro.

«Solo la musica era bella. Io non rimpiango nulla del passato. Preferisco la libertà di oggi» sussurrò Celeste, lo sguardo perso nei ricordi. Poi guardando Giulia con quei suoi occhi da gatta disse: «Lei mi ricorda me qualche anno fa». Quindi le prese la mano e ne scrutò le linee sul palmo. Seguì con il dito la sottile ragnatela: «Lei è insicura... Però piena di talenti. Peccato che tutti questi dubbi non le permettano di crescere. Come se non sapere chi è veramente la costringa a dubitare delle sue qualità».

«Legge la mano?» chiese Giulia con tono preoccupato.

La donna rise e piegò indietro la testa, mostrando la sua gola bianca.

Giulia ritrasse la mano: «Del resto chi è che può dire di conoscersi a fondo? Sono le occasioni della vita che disvelano la personalità». Poi ammise: «Non so chi sono e mi piacerebbe tanto saperlo».

«"Adesso noi vediamo in modo confuso, come in uno specchio"...»

Giulia ebbe un sussulto ed esclamò: «San Paolo, Prima lettera ai Corinzi!».

«Già» convenne Celeste.

Massaro guardava ora l'una, ora l'altra, si sentì escluso. Erano così contorte quelle due, pensava. C'era bisogno di tutta quella manfrina? Chi sono, dove vado, chi sei, che facciamo? Se fosse dipeso da lui avrebbe fatto domande dirette. E stava per prendere la parola. Ma Celeste si alzò. «Sono stanca, vorrei andare a riposare.»

Giulia allora si alzò a sua volta e inaspettatamente l'abbracciò: «È stato molto bello conoscerla e mi piacerebbe parlare ancora con lei» sussurrò dentro al suo caschetto.

«Vieni a trovarmi a casa. Abito qui dietro al primo piano.»

L'agente Massaro le osservava e non capiva.

17

Il ciclo biologico della carpocapsa è influenzato da molti fattori. La sua vitalità dipende dalla luce, la capacità infestante dalla temperatura. Quella che cresceva dentro Giulia, consumandola fino ai semi, si era esacerbata a causa dell'incontro con la cantante.

Quella mattina Giulia Vella era particolarmente pensierosa, decise allora che qualche giorno di pausa le avrebbe fatto bene.

Scrisse una mail al dirigente, dicendo che era ammalata. Le era venuto il Covid, specificò, così nessuno, nemmeno il medico fiscale, sarebbe passato da lei per paura del contagio. Indossò quindi una tuta, tirò su il cappuccio, infilò gli occhiali scuri e uscì.

La Vucciria era a quell'ora deserta. Spariti nottambuli e ubriaconi, le finestre serrate, l'insegna del locale spenta. Il puzzo della marijuana non era del tutto svanito, le balate impregnate di urina. Si infilò nel vicolo e rimase a guardare il portone, indecisa se suonare o no.

Celeste l'aveva vista arrivare e comparve d'improvviso, come se avessero un appuntamento. Indossava un vestito lungo a fiori, stivali camperos, sembrava una hippy. Si salutarono affettuosamente, le loro braccia intrecciate sembravano rami.

«Ti piacciono i mercati?» le chiese.

«Non so, non ho avuto modo di frequentarli molto.»

«Io li adoro. La vita gira attorno alle bancarelle.»

«Figurati, noi a Milano compriamo tutto al supermercato.»

«Ah, quelli li odio. Sono come obitori, con i lunghi scaffali freddi e pieni di cadaveri. Vieni con me, ti porto in un posto...»

Il mercato era un concentrato di colori. Il rosso delle fragole e dei pomodori; il verde delle fave, dei piselli, della lattuga; l'arancio per la papaia, il viola delle melanzane. I profumi si alternavano, talvolta si stratificavano in un curioso effetto solido.

«Facciamo la spesa e dopo andiamo a casa mia, sono una brava cuoca.»

Celeste si aggirò tra i corridoi, annusando, toccando, soppesando come una provetta massaia. Comprarono polpette di broccoli, zucchine, pesce spada, vitello. «Sono una maga a friggere!» E poi fragoline di Ribera, nespole, albicocche. Scelse uno per uno dei grossi gamberi di Mazara. «Guarda. Sotto lo scheletro rosso sangue, l'intestino è nero come la pece.» Scegliere il pane fu una tortura, troppe varietà e tutte fragranti, dorate.

Poi trascinarono le borse piene fino al bar. «Il caffè» disse Celeste.

«E già, come si fa senza?» scherzò Giulia e insieme guardarono la gente seduta ai tavolini, spettegolando, commentando. A Celeste non sfuggiva nulla: «Quella borsa di Hermès è finta. Quella indossa jeans, ma hanno l'elastico in vita. Bocciata».

«Cosa te ne importa?» le chiese Giulia.

«Ti sembro impicciona? Sbagli. Io amo le donne, con i loro difetti, e se potessi a tutte darei un consiglio. I jeans con l'elastico? Via, converrai che sono proprio brutti. Comodi, ma brutti. Io amo la bellezza e al tempo stesso anche l'imperfezione. È vero, critico ma capisco bene certe debolezze. Quella, per esempio, di sicuro ha la pancia grossa. Ma un jeans con l'elastico no, meglio un pantalone di una taglia comoda!» concluse Celeste strizzando gli occhi in ogni direzione.

Giulia era ancora pensierosa.

«Ma perché mastichi veleno?» le chiese d'un tratto Celeste. «Non ti godi niente. Adesso dovresti essere contenta. È bello chiacchierare con un'amica, anche dicendo cose stupide. Ma forse hai solo bisogno di mangiare. Andiamo a casa, dai. E poi i gamberi sono delicati, il caldo li rovina.»

Il palazzo era sgarrupato, l'atrio malmesso, ma la casa arredata con gusto. Si trattava di un monolocale. Un paravento separava il letto dal resto. La cucina in muratura era rivestita di maioliche siciliane, un tavolo di legno chiaro, un divano rosso e due poltroncine con i piedi lunghi come le zampe dei fenicotteri. C'era molta confusione, una sovrapposizione di abiti e oggetti che dava l'idea della vita stabile. Giulia pensò al suo disordine, espressione invece di precarietà.

Celeste mise i gamberi a marinare, le fragoline in una ciotola, la frutta rimanente a mollo con cubetti di ghiaccio. Le zucchine nel forno con farina di riso, una padella sul fuoco. Nella stanza si diffuse un profumo di famiglia. Versò il vino in due calici: «Tienimi compagnia mentre friggo, mi piace cucinare e chiacchierare». Le sue mani si muovevano veloci tra pentole e cucchiai. Le polpette sfrigolavano nell'olio caldo. Quando ebbero un bel colore bronzo Celeste le mise a scolare sulla carta. Quindi ne prese una con le mani, soffiò per raffreddarla e la offrì a Giulia: «Mangia adesso che è calda» disse. Era così croccante, e dentro morbida, sugosa. E poi fu la volta di un gambero. Giulia si lasciava nutrire. L'amore è fisico, pensava. E per la prima volta si rese conto di quanto le fosse mancata l'intimità con la madre, non pensava a quella adottiva, ma all'altra, che l'aveva allattata e cullata prima di abbandonarla per sempre. Si asciugò una lacrima.

«Che hai?» le chiese Celeste.

«Niente, la polpetta bruciava.»

«Ma dai! Di' la verità. È colpa di quel bel ragazzone che stava con te al locale?»

«No, lui non c'entra. Prima di lui però avevo un fidanzato che mi ha fatto soffrire.»

«Ma allora quello di ieri chi è?»

«Uno nuovo. Chiodo scaccia chiodo.»

Celeste rise con un gorgoglio soave, che sembrò uscire dalla gola di un angelo. Di notte aveva una sensualità ammaliante, di giorno appariva innocente come una bambina. Si sedettero a tavola e cominciarono a mangiare in silenzio. Celeste assaggiava e mugolava: «Prendi questo.

Prova quello. Mmmh. Bevi, dai». Poi chiese di raccontarle qualcosa: «Non mi piace mangiare in silenzio. Il pranzo porta allegria».

«Senti, facciamo che io confesso un segreto a te e tu uno a me?» disse allora Giulia, come ricordandosi all'improvviso della sua indagine.

«Ci sto.»

«Comincia tu» la invitò Giulia.

«Sono, ero un uomo» disse Celeste succhiando la testa di un gambero.

«Come ti chiamavi?»

«Che importa? Io sono sempre io, il nome è solo una convenzione.»

«Sei stata amata per quello che sei?»

«Sì, no, non lo so.»

«Per favore fammi capire, dammi una risposta chiara» la pregò Giulia.

«Posso dirti che ho amato qualcuno fino a farmi male, fino a fargli male.»

«E lui che fine ha fatto?»

L'altra non rispose, le offrì del vino: «Ora tocca a te».

«Sono… Non sono la figlia di mio padre. Nel senso che mi hanno adottata alla nascita.»

«È per questo che hai una crisi di identità? Vorrei dirti che tu sei tu, e i tuoi genitori non sono importanti, ma non è così.»

«Lui mi ha lasciata per questo motivo.»

«Ah, morto un papa se ne fa un altro. Ma non è per questo che soffri, vero?»

«No, non solo. Il fatto è che vorrei incontrare la mia

madre biologica. Spero così di poter capire qualcosa di più di me stessa.»

«Da un filamento di DNA può dipendere il destino delle persone?» Celeste rise di una risata amara.

«È stupido, vero?» chiese Giulia.

«No, per niente. Hai detto una verità. Anch'io potrei raccontarti qualcosa che ha a che fare con la biologia.»

«E raccontami!»

Celeste esitò: «Prima la frutta. Da bambina ero così golosa di fragole e albicocche... Mia madre me le faceva trovare sul cuscino. Mi voleva bene ed eravamo molto legate. A un certo punto però cominciò ad allontanarmi. Mi spingeva ad andare via da casa. Io non capivo il motivo di quel suo cambiamento. Un giorno non mi aprì più la porta. Lo vissi come un tradimento. In realtà mi stava proteggendo da mio padre. Se lui avesse capito la mia vera natura mi avrebbe ammazzata. Non tutti amano quello che sei, spesso amano quello che mostri».

Giulia si sentiva a disagio. Celeste le aveva parlato con il cuore in mano, lei invece aveva nascosto la sua identità di poliziotta. Quell'omissione e le confidenze strappate con l'inganno le procuravano un doloroso senso di colpa.

«Non mi sento bene» disse allora alzandosi da tavola. «È meglio che vada a casa.»

18

Qualche giorno dopo, Paola le inviò i risultati della Scientifica. Sul biglietto c'erano le impronte della vittima e di Celeste Colacioppo. A questo punto l'identità dell'assassino era certa. Con la scusa del Covid Giulia rimase ancora a casa. Massaro la chiamava offrendosi di aiutarla con la spesa, le medicine. Lei infastidita dalla sua insistenza staccò il telefono. Aveva bisogno di concentrarsi e trovare una soluzione per far confessare Celeste e uscirne con la coscienza pulita.

Quello stesso pomeriggio andò da lei. La trovò a casa, seduta sul divano, avvolta in uno scialle bianco. Celeste la salutò con freddezza.

«Come stai?» chiese Giulia.

«Io bene. Tu invece...» il suo tono non lasciava margine al dubbio. Giulia capì che Celeste sapeva tutto di lei.

«Sì, ho detto in ufficio che stavo male, ma sto bene in realtà.»

«Ma perché?» chiese Celeste a bruciapelo.

«Non avevo voglia di lavorare.»

«Perché?» ripeté quella.

Giulia cincischiò con un plaid che teneva accanto. «Come hai fatto a scoprirmi?»

«Sai quanti poliziotti sono stati miei clienti? Unità delitti irrisolti... c'è da ridere. Piuttosto, tu, come hai fatto a trovarmi? È stata Dafne a dirti dov'ero?»

«No, è stato il caso. Dafne ha tenuto per sé il tuo segreto.»

«È una buona amica.»

«Sì, direi proprio di sì. Comunque stavo, sto, starei indagando sull'omicidio di Ermanno Mazza e fino a un certo punto ho camminato a tentoni. Sai come si fa quando non si ha un indizio, una pista, un nulla di nulla? Si butta un sasso nell'acqua e si vede che succede. L'ispettore Panseca...»

«Me lo ricordo» la interruppe Celeste. «Un brav'uomo. Aiutò Dafne e indirettamente anche me. In quegli anni i poliziotti si prendevano certe libertà con quelli come noi...»

«È stato Panseca a suggerirmi di parlare con la vedova e con l'impiegata, e a mettermi sulle tracce di Calogero Zanca... Dafne. La Scientifica ha trovato qualche traccia, il resto lo puoi immaginare. Sono venuta al locale proprio con l'idea di lanciare un sasso in acqua. Pensavo, speravo di raccogliere qualche informazione. Ma ho trovato te. La tua sensibilità mi ha travolta. Ti ho sentito subito amica, in questa città ho sofferto la solitudine. Ho pensato che se avessi detto la verità, ti avrei persa. Poi sai com'è, detta la prima bugia, non si torna indietro.»

Giulia pensava quanto fosse imprevedibile la vita; era lei a confessare e non il contrario.

«Potevi dirmelo e lasciare decidere a me. "Così anche voi, se non pronunziate parole chiare con la lingua, come si potrà comprendere ciò che andate dicendo? Parlereste al vento!".»

Giulia sollevò lo sguardo: «Dovrei porti delle domande, è il mio lavoro. Ma facciamo il solito gioco? Tu mi riveli un segreto e poi io ti rivelo il mio.»

Celeste scattò in piedi, passeggiò per la stanza, poi si sedette di nuovo al suo posto: «Va bene» disse. «Ho ucciso io Ermanno Mazza.»

«Lo sapevo già» rispose Giulia, «ma non conosco il movente.»

«Per i soldi.»

«I dieci milioni?»

«Sì.»

«Ti va di raccontarmi dall'inizio?»

Celeste andò in cucina, aveva bisogno di bere qualcosa. Poi tornò a sedere sul divano e cominciò a parlare: «Ho conosciuto Ermanno all'ufficio postale. Ero andata a chiedere informazioni per un libretto di risparmio. Lui fu gentile, mi fece accomodare nel suo ufficio e si dilungò in complesse spiegazioni. Fu un colpo di fulmine. Cominciai ad andare alle poste quasi ogni giorno. Avevo sempre una scusa per parlare con il direttore. Lui era sposato e forse per quello non ci provava. Capivo che mi desiderava, i suoi occhi erano fissi su di me, le sue mani cercavano le mie sul ripiano del tavolo. Una volta arrivai che era quasi l'ora di pranzo. Gli impiegati stavano andando via. Io ero lì per spedire una raccomandata. Disse loro di non preoccuparsi, che ci avrebbe pensato lui. Appena soli, io mi avvicinai e gli infilai le mani tra i capelli. Erano folti e morbidi. Poi lo baciai. Lo sentii tremare. Facemmo l'amore, con foga io, con goffaggine lui. E quando finimmo lui era pallido, spaventato dal mio corpo, dalla sua stessa passione. La sera venne a casa di Dafne. Era rabbioso, voleva picchiarmi, finimmo a letto e non ci lasciammo più. Gli insegnai l'amore, non ne sapeva nulla. L'infanzia all'orfanotrofio e poi il matrimonio con Rubinia Mazza. Lui mi ascoltava con attenzione e poi si avventava sul mio corpo, non si saziava mai».

«Era un omosessuale» concluse Giulia.

«Sei sempre pronta a incasellare gli altri, è questo il tuo problema. L'amore è amore, e basta. A Ermanno piacevo per quella che ero: una donna quasi perfetta. Il mio corpo ambiguo gli accendeva la fantasia, aumentava la sua eccitazione. Più ci legavamo, più diventavamo audaci, fino a correre il rischio di essere scoperti. Una volta qualcuno mi seguì. Io ebbi paura che Tano Genco potesse fare del male a Ermanno e cercai di stargli lontana, ma fu una tortura. Finché lui si inventò la storia dell'allergia e io mi trasformai in donna delle pulizie. In quel periodo conobbi un medico, che diventò mio cliente abituale. Aveva una specializzazione in Genetica. Mi suggerì di fare delle analisi, diceva che non ero un maschio sbagliato, ma una donna a metà. Mi fu diagnosticata la Sindrome di Morris incompleta. "Non si tratta di transessualità" mi disse, "ma di intersex." Ne hai mai sentito parlare?»

Giulia fece cenno di no con la testa.

«Neanch'io. Mi fu spiegato che il sesso di una persona è determinato dai cromosomi. Una femmina ha due XX, un maschio ha una X e una Y. I testicoli del bambino producono ormoni quando sono nella pancia della mamma; ma alcuni maschietti risultano insensibili al loro effetto e i genitali si sviluppano male. Alla nascita questi bambini possono avere i genitali maschili e femminili, o solo femminili, e i testicoli nascosti in qualche parte del corpo. Quando mia madre partorì, l'ostetrica si era accorta che qualcosa non andava, perciò le suggerì di chiamarmi Celeste: "È un nome che va bene a maschi e femmine". Mio padre non si accorse mai di nulla, lui non mi cambiava di certo il pannolino. Nel periodo dell'adolescenza però il mio corpo esile e i miei lineamenti delicati lo preoccuparono. Ordinò a mia madre di portarmi dal medico per una curetta ricostituente, ché gli sembravo rachitico. Non sai quanto olio di fegato di merluzzo mi hanno fatto ingoiare. Rimasi sempre un giovane effeminato, dall'aspetto fragile e grandi occhi allungati.»

«Come in questa foto?» disse Giulia.

«Dove l'hai trovata?»

«Me l'ha data la vedova Mazza.»

«L'avevo regalata io a Ermanno, la teneva sempre con sé. Insomma non è colpa mia se sono così.»

«Nessuno ha colpa per quello che è. Tu sei e basta. Anch'io non ho colpa per quello che sono, diciamo che la responsabilità è di quel pezzetto di DNA che ci hanno passato i nostri genitori. E noi, che non capiamo, "vediamo in modo confuso, come in uno specchio".»

«Hai trovato il biglietto?»

«Sì, e c'erano le tue impronte.»

«Era il mio epitaffio per Ermanno. Che almeno nella morte fosse chiaro chi era.»

«Non ho ancora capito perché lo hai ammazzato.»

«I soldi, te l'ho detto. Quel giorno ero andata da lui come al solito travestita da donna delle pulizie. Ridevamo del grembiule che copriva le mie forme, del fazzoletto che usavo per nascondere i capelli, degli occhiali grandi e scuri. Indossavo solo un bellissimo paio di stivali di velluto. "Sei pazza" mi disse Ermanno. "Se qualcuno li notasse?" Ma io lo abbracciai, lui mi saltò addosso e facemmo l'amore senza nemmeno toglierli, quegli stivali. Mentre mi rivestivo gli raccontai del medico e dell'intervento che mi era stato consigliato. Sarei diventata una donna completa. Avremmo lasciato lo Stradone e ci saremmo trasferiti all'estero: "Ci sposeremo, potremo adottare un bambino, saremo una famiglia". Ma lui si oppose. Disse che gli piacevo così com'ero e che se fossi cambiata, intendo lì sotto, mi avrebbe lasciata. Io però pensavo solo a quello. Gli risposi che lo avrei fatto con o senza il suo permesso. Pretesi che mi restituisse i risparmi. Lui si arrabbiò. Litigammo forte: "Sei un finocchio" mi insultò, "e rimarrai sempre un finocchio, anche dopo l'intervento." Io gli urlai che anche lui lo era, un garruso senza palle: "Sei un invertito della peggior specie, stai con me perché ho un pisello. Sei il degno parente di Tano Genco". Lui mi tirò uno schiaffo, non l'aveva mai fatto. Non capii più niente. Afferrai il tagliacarte sul tavolo e lo colpii.» Celeste si azzittì. Riparlare dopo tanti anni di Ermanno l'aveva come svuotata.

«E dopo cosa hai fatto?» la incalzò Giulia.

«Andai alla cassaforte e presi i miei soldi, dieci milioni, non una lira di più. Non sono certo una ladra. Poi corsi via, ma gli passai accanto. Lui era a terra in una pozza di sangue. Con uno sforzo enorme si sollevò e si afferrò alla mia gamba. Ripeteva il mio nome. Mi guardava con occhi pieni di comprensione. "Mi spiace" sussurrava. E io d'un tratto realizzai di aver ferito il mio grande amore. Cercai di tirar via il coltello, era conficcato in profondità. La lama venne via stridendo lungo le costole. Il rumore ce l'ho ancora nelle orecchie. Sperai che potesse sopravvivere, ma era così pallido… Morì davanti a me. Scrissi allora il biglietto e lo posai vicino al suo corpo. Nessuno avrebbe capito quella citazione, ma come ti ho detto mi illusi che qualcuno potesse conoscere finalmente Ermanno per quello che era e, almeno nella morte, che lui potesse essere libero. Gli sfiorai le labbra, erano calde. Poi sentii dei passi. Scattai in piedi, mi accorsi che il mio stivale era sporco di sangue. Mi nascosi dietro la porta, che stupida! L'ufficio era piccolo, mi avrebbero trovata subito. Ma l'impiegata, per fortuna, ebbe paura e non entrò nella stanza; corse fuori a chiamare aiuto. Io ne approfittai per scappare. Andai da Dafne, lei non mi chiese nulla. Il tempo di fare i bagagli e partii. Presi un volo per Roma e dopo qualche giorno ero a Singapore. Ho lasciato a Dafne i miei stivali preferiti, di velluto viola con i fiori arancio e verde. Venivano da Londra. Sai, con i piedoni che tengo, a Palermo non ho mai trovato la mia misura. Se hai bisogno di prove, puoi chiedere a lei gli stivali, li troverai sporchi del sangue di Ermanno. Dentro ho nascosto il tagliacarte con il quale l'ho ucciso.» Celeste aveva tenuto gli occhi chiusi per tutto il racconto, come se avesse rivissuto la scena per intero.

«Quindi ti sei operata?» chiese Giulia con un filo di voce.

«Quando arrivai a Singapore presi contatto con la clinica. Mi fornirono tutte le informazioni. Non avevo abbastanza soldi. Cominciai a prostituirmi. Ma il tempo passava, l'assenza di Ermanno era un ferro conficcato nella carne. Cosa ne avrei fatto della mia nuova femminilità, senza di lui?, mi chiedevo sempre più spesso. Il mio uomo non c'era più, non avrei potuto avere la famiglia che desideravo. Dopo qualche anno sono tornata a Palermo, ho aperto il locale, e ho ripreso il mio vero nome, abbandonando quello di Carmen.» Celeste si alzò dal divano, andò a prepararsi un caffè. Ne portò una tazza a Giulia.

«Bevi e poi lasciami sola. Oggi è il 17 maggio e io devo prepararmi per il concerto di questa sera. Ogni anno canto in sua memoria. Se vuoi arrestarmi puoi farlo anche domani, sai dove trovarmi. Non mi importa di finire in galera, in fondo ci sono da sempre. Questo corpo è stato la mia prigione.»

19

La sera Giulia si presentò al locale. Non sapeva come si sarebbe comportata. Il suo dovere era arrestare Celeste, ma il cuore le suggeriva di non farlo. Lo spettacolo fu particolarmente intenso, Celeste risplendeva nel suo vestito rosso, sul viso una cascata di brillantini che nascondevano le lacrime.

E quando ebbe finito, Giulia la raggiunse in camerino.

«Non pensavo di vederti» disse Celeste; aveva un'espressione sofferente.

«Potevo perdermi il concerto speciale?» rispose Giulia con un sorriso incerto. Si sedettero a bere.

«Dove hai lasciato il fidanzato?»

«A questo punto saprai anche che Massaro è un collega.»

«Sarà, ma lui ti guarda con certi occhi pieni di desiderio... E anche tu non mi sembri insensibile alle sue attenzioni. Di solito non mi sbaglio.»

«Chi tace acconsente. Non è vero?»

L'altra scrollò le spalle. Continuarono a parlare del nulla, girando intorno al problema. Fu Celeste poi a ritornare sull'argomento: «Sei in debito con me. Non abbiamo concluso il gioco dei segreti. Io ti ho detto il mio, ora tu devi raccontarmi il tuo».

«L'anno scorso sono rimasta incinta.»

«Il tuo vecchio fidanzato?»

«Sì. Avevo molta paura della gravidanza, temevo per la mia carriera. Però le nostre famiglie sembravano così felici... Mi lasciai convincere che quel bambino era, come lo definivano? Una benedizione. I primi mesi ho fatto decine di controlli e tutto era a posto. Poi nel safe test, l'analisi del DNA del bambino, il problema è sempre quello, qualcosa andò storto. I medici richiesero la mappa genetica a noi e ai nostri genitori. Scoprii allora di essere stata adottata. Fu un trauma. Di colpo tutte le mie sicurezze si sbriciolarono e lui mi lasciò.»

«Che stronzo!» esclamò Celeste.

«Forse, ma tutti vogliamo sapere da dove veniamo. Come vedi la nostra felicità è attaccata a un esile filamento.»

«E del bambino che ne hai fatto?»

«Ho abortito.»

«E lui?»

«Non ne ho più notizie, né mi interessa averne. Dopo qualche mese sono venuta a Palermo. Volevo allontanarmi dai miei genitori adottivi, non sopportavo di essere stata ingannata. In questa città mi sono sentita rifiutata, ho avuto molte difficoltà a fare amicizia. Sarà stato anche per via del mio carattere spigoloso, non lo nego. Poi ho conosciuto te, ti ho voluto bene fin dal primo momento. Ma sei colpevole di omicidio. Devo arrestarti, e però mi sembra di tradirti; se non lo faccio, invece tradisco me stessa.»

«Poverina!» esclamò Celeste e le accarezzò il viso; aveva un'espressione sinceramente addolorata. «Stai veramente messa male. E adesso che ne sarà di te? Fuggirai? Tornerai a Milano?»

«Non lo so, ma vorrei fare la cosa giusta.» Poi la salutò con un bacio sulla guancia, aveva bisogno di riflettere.

Massaro l'aspettava sotto casa. Le braccia incrociate davanti al petto, era appoggiato al sellino della moto. «Dove sei stata? Ti ho chiamata almeno dieci volte.»

«Siamo fidanzati per finta, non ti devo spiegazioni» rispose brusca Giulia.

«Mi hai fatto preoccupare» disse lui addolcendo il tono della voce. Poi la attirò a sé. Lei fece resistenza. Lui le si avvicinò, le scostò i capelli dagli occhi e la baciò. Aveva un sapore fresco di menta, considerò Giulia, e ricambiò il bacio.

«Mi fai salire?» chiese Massaro.

Lei gli fece cenno di seguirla. Lo guidò fino al salone, gli offrì da bere e cominciò a raccontargli quello che era successo. «Una conversazione straziante» concluse.

«A me sembra una confessione a tutti gli effetti. Complimenti. Hai l'assassina, puoi procedere all'arresto.»

«Io non vorrei arrestare Celeste, è mia amica» piagnucolò Giulia.

Lui strabuzzò gli occhi, quella ragazza era veramente matta. «La conosci da pochi giorni, e poi Celeste ha ammazzato il suo uomo. Tu sei una poliziotta, devi far rispettare la legge.»

Lei lo guardò in tralice. «Da che pulpito!».

«Sì, è vero, non sono la persona giusta per fare predicozzi. Ho sempre detto che le leggi ci sono anche per infrangerle. Però hai svolto un lavoro eccellente. Risolvere l'omicidio Mazza era una impresa impossibile. Tu per tigna, o per culo, o per bravura, o per tutte e tre le cose messe insieme ci sei riuscita. Qualunque poliziotto correrebbe a scrivere il rapporto e poi interviste ai giornali, servizi alla tv. Finalmente potrai zittire i colleghi che ti danno della *raccomandata*.»

Giulia appoggiò la testa sulla sua spalla, lui l'abbracciò. Rimasero in silenzio ad ascoltare i suoni della notte, poi lei sollevò il viso e gli offrì le labbra. Francesco la baciò e tutto si svolse in modo veloce e confuso. Le slacciò la camicetta, liberò i suoi seni piccoli. Li guardò con ammirazione. La sua bocca scese lungo il collo e si attaccò ai capezzoli. Li succhiò vorace e intanto la spogliava con gesti abili.

Giulia al momento non reagiva. Partecipava accogliendo il piacere che lui le offriva, non dava nulla in cambio. Francesco approfittò della sua acquiescenza, la sollevò tra le braccia, era magra, piccola, sembrava un giocattolo. La poggiò di nuovo sul divano, la girò sulla pancia, aveva una schiena perfetta, un sedere tondo e la pelle bianca che riluceva nella semioscurità. Le carezze di lui si fecero più prepotenti. La percorse con le labbra, fino a scovare quel punto lì, proprio lì, proprio quello. E la tormentò, ora succhiando, ora allentando la presa, ora stringendo i denti. Giulia cominciò a mugolare.

Inarcava la schiena, si offriva con spudoratezza. Francesco fingeva di ignorare le sue richieste. Giulia protestò e si negò sgusciando da sotto il suo corpo. Francesco le andò dietro e diventò più accondiscendente. Va bene, sembravano dire i suoi occhi, facciamo come vuoi tu. Lei gli morse le labbra, afferrò la sua testa e tirando forte i capelli, lo guidò lì, proprio lì. Un attimo dopo Francesco risalì lungo la sua pancia, la tenne ferma e le fu dentro. Giulia, con le gambe avvinghiate al suo torace, stringeva fino a fargli mancare il respiro e non mollava, le mani aggrappate ai suoi glutei di marmo. Lui continuò ad affondare finché una scossa elettrica li fece tremare entrambi nello stesso momento. Scivolarono poi l'uno accanto all'altra, stanchi, ma incapaci di riposare. Giulia gli voltò le spalle, lui pensò che volesse dormire e invece la sentì piangere. L'accarezzò a lungo, aspettando che si calmasse.

«Non mi dire che stai pensando al lavoro» le disse infine.

Giulia calò la testa in cenno di assenso.

«Senti, non sei obbligata a concludere l'indagine. Alla sezione in questi giorni c'è stato un terremoto. Gli ispettori hanno accertato le irregolarità amministrative di Marchisio e Improta e li hanno rimossi. Paola sta inguaiata con l'ex marito e ha chiesto qualche mese di congedo, ha altro per la testa. Domani rimettiamo a posto il fascicolo e tutto finisce lì. E poi Mazza è morto, Tano Genco pure, e da noi si dice che i morti vanno lasciati riposare in pace. Io so quanto sei brava, ora lo sai anche tu, tanto basta.»

Giulia aveva smesso di piangere e tirava su con il naso. Non era certa che quella fosse la giusta conclusione, ma di sicuro era quella che le faceva meno male.

«E magari, rimosso Marchisio, ti mettono a capo dell'unità» aggiunse Francesco. Lei scosse la testa.

«Io me ne torno a Milano.»

«E no. In questi giorni ho scoperto che mi piaci molto e ho deciso di mettere la testa a posto. Perciò tu rimani qui.»

«Ma non sai nulla di me. Io sono stata adottata.»

«E allora?»

«Devo scoprire chi è la mia madre biologica.»

«Ho un amico al tribunale dei minori, ci penso io a scoprire chi è.»

«E la legge?»

«È fatta per essere anche trasgredita, te lo ribadisco.»

«Ne parliamo domani» rispose Giulia; era confusa, troppe emozioni. Si addormentarono stretti l'uno all'altra, nel sonno il suo torace magro si sollevava ogni tanto in piccoli singulti.

Li svegliò la mattina dopo lo squillo del telefono. «Lallina, come stai? Quando torni a Milano? Dobbiamo occuparci di quella faccenda...»

«Grazie, papà» rispose lei con la voce impastata dal sonno «ma ho deciso di rimanere a Palermo.»

«Ma come, quasi non mi parli perché non ti ho aiutata e ora che mi sono deciso...»

«Per il momento non posso prendere ferie, ho molto lavoro.»

«Alla Sezione delitti irrisolti?» rise incredulo il padre. Poi la blandì, promise mari e monti. Giulia fu irremovibile: «Questi siciliani non sono poi così male come sembrano» disse nel salutarlo. Francesco le alitava sul collo con quel suo fiato profumato di menta.

Ringraziamenti

In ordine alfabetico e non di importanza, grazie a: Elisabetta Cinà, Paola Di Simone, Arturo Morettino, Maria Luisa Putti, Maria Paola Romeo.

Finito di stampare nel mese di maggio 2024
su carta HOLMEN
con fibra vergine proveniente da foreste sostenibili
holmen.com/paper
presso Grafica Veneta S.p.A. – via Malcanton, 2 – Trebaseleghe (PD)
Printed in Italy